人民共和國文化與文學叢書

初　編

李　怡 主編

第 7 冊

性別優勢與性別陷阱
——1990年代以來的女性小說寫作

倪 海 燕 著

花木蘭文化出版社

國家圖書館出版品預行編目資料

性別優勢與性別陷阱——1990年代以來的女性小說寫作／倪海燕 著 -- 初版 -- 新北市：花木蘭文化出版社，2014〔民103〕
序2+目2+140面；19×26公分
（人民共和國文化與文學叢書 初編；第7冊）
ISBN 978-986-322-761-8（精裝）
1. 中國小說 2. 女性文學 3. 文學評論
820.8　　103012659

ISBN-978-986-322-761-8
9 789863 227618

人民共和國文化與文學叢書
初 編 第 七 冊　　ISBN：978-986-322-761-8

性別優勢與性別陷阱
——1990年代以來的女性小說寫作

作　　者 倪海燕
主　　編 李 怡
企　　劃 北京師範大學民國歷史文化與文學研究中心
　　　　 四川大學現代中國文化與文學研究中心
總 編 輯 杜潔祥
副總編輯 楊嘉樂
編　　輯 許郁翎
印　　刷 普羅文化出版廣告事業
出　　版 花木蘭文化出版社
社　　長 高小娟
聯絡地址 235 新北市中和區中安街七二號十三樓
　　　　 電話：02-2923-1455／傳真：02-2923-1452
網　　址 http://www.huamulan.tw 信箱 hml 810518@gmail.com
初　　版 2014年9月
定　　價 初編17冊（精裝）新台幣30,000元

性別優勢與性別陷阱
——1990年代以來的女性小說寫作

倪海燕　著

作者簡介

倪海燕，1978 年 4 月生於四川郫縣，2011 年 12 月獲華南師範大學中國現當代文學專業博士學位。現爲廣東省肇慶學院文學院教師，主要研究方向：中國現當代文學。

曾在《中國現代文學研究叢刊》、《當代文壇》、《貴州師範大學學報》、《海南師範大學學報》、《現代中國文化與文學》等刊物發表學術論文多篇，參與撰寫《中國現代文學的巴蜀視野》等書。

提　要

本書避開了學界在進行女性文學研究時，主要從女性在男權社會中的弱勢地位入手立論的常規思路，從性別優勢與性別陷阱的角度切入，考察了 1990 年代以來的中國女性小說寫作，展示了當代女性價值追求和女性文學寫作的種種悖論，爲當代女性文學研究提供了新的視角。

本書首先對「女性文學」、「女性主義文學」等概念進行了重新梳理和界定，確立了自己的研究範圍。全書分爲六章，從文本出發，分別探討了女作家對生理性別的思考與利用，其中的矛盾混淆之處；男女愛情、婚姻中的權力關係；母女關係與同性間的姐妹情誼；商業小說中的女性形象，其優勢與物化；階級、種族與性別問題；女性寫作的藝術性反思等。每章以一兩個作家的主要作品爲中心，以點帶面，文本分析力求細緻、獨到。

本書採用了文學研究與文化研究相結合的方法，將 1990 年代以來的社會政治、經濟、文化的變遷與文學中性別問題的變化聯繫起來進行分析，透析了二十餘年來女性及其寫作的複雜處境，並將大量男性作家作品也納入進來進行對比，儘量避免女性文學研究自說自話的狀況，以期爲當代女性文學研究提供一個獨特的文本。

《人民共和國文化與文學叢書》總序

李　怡

中國當代文學是與「中國現代文學」相對的一個概念，指的是中華人民共和國建立之後的文學。追溯這一概念的起源，大約可以直達 1959 年新中國十週年之際，當時的華中師院中文系著手編著《中國當代文學史稿》，這是大陸中國最早編寫的「中國當代文學史」教材。從此以後，「當代文學」就與「現代文學」區分開來。與中國現代文學研究比較，中國的當代文學研究是一個相對年輕的學科，所以直到 1985 年，在一些「現代文學」的作家和學者的眼中，年輕的「當代文學」甚至都沒有「寫史」的必要。〔註 1〕

但歷史究竟是在不斷發展的，從新中國建立的「十七年」到「文化大革命」十年再到改革開放的「新時期」，而後又有「後新時期」的 1990 年代以及今天的「新世紀」，所謂「中國當代文學」的歷史已達六十餘年，是「中國現代文學三十年」的整整一倍！儘管純粹的時間計量也不足說明一切，但「六十甲子」的光陰，畢竟與「史」有關。時至今日，我們大約很難聽到關於「當代文學不宜寫史」的勸誡了，因爲，這當下的文學早已如此的豐富、活躍，而且當代史家已經開始了更爲自覺的學科建設與史學探討，這包括洪子誠的《中國當代文學史》，孟繁華、程光煒的《中國當代文學發展史》，張健及其北京師範大學團隊的《中國當代文學編年史》等等。

中國當代文學研究的活躍性有目共睹，除了對當下文學現象（新世紀文學現象）的緊密追蹤外，其關於歷史敘述的諸多話題也常常引起整個文學史

〔註 1〕見唐弢：《當代文學不宜寫史》，《文藝百家》1985 年 10 月 29 日「爭鳴欄」（見《唐弢文集》第九卷，社科文獻出版社 1995 年），及施蟄存：《關於「當代文學史」》（見《施蟄存七十年文選》，上海文藝出版社 1996 年）。

學界的關注和討論，形成對「當代文學」之外的學術領域（例如現代文學）的衝擊甚至挑戰。例如最近一些年出現的「十七年文學研究熱」。我覺得，透過這一研究熱，我們大約可以看到中國當代文學研究的某些癥結以及我們未來的努力方向。

我曾經提出，「十七年文學研究熱」的出現有多種多樣的原因，包括新的文學文獻的發掘和使用，歷史「否定之否定」演進中的心理補償；「現代性」反思的推動；「新左派」思維的影響等等。〔註 2〕尤其是最後兩個方面的因素值得我們細細推敲。在進入 1990 年代以後，隨著西方後現代主義對「現代性」理想的批判和質疑，中國當代的學術理念也發生了重要的改變。按照西方後現代主義的批判邏輯，現代性是西方在自己工業化過程中形成的一套社會文化理想和價值標準，後來又通過資本主義的全球擴張向東方「輸入」，而「後發達」的東方國家雖然沒有完全被西方所殖民，但卻無一例外地將這一套價值觀念當作了自己的追求，可謂是「被現代」了，從根本上說，也就是被置於一個「文化殖民」的過程中。顯然，這樣的判斷是相當嚴厲的，它迫使我們不得不重新思考我們以「現代化」爲標誌的精神大旗，不得不重新定位我們的文化理想。就是在質疑資本主義文化的「現代性反思」中，我們開始重新尋覓自己的精神傳統，而在百年社會文化的發展歷史中，能夠清理出來的區別於西方資本主義理念的傳統也就是「十七年」了，於是，在「反思西方現代性」的目標下，十七年文學的精神魅力又似乎多了一層。

1990 年代出現在中國的「新左派」思潮在相當大的程度上強化著我們對「十七年」精神文化傳統的這種「發現」和挖掘。與一般的「現代性反思」理論不同，新左派更突出了自「十七年」開始的中國社會主義理想的獨特性——一種反西方資本主義現代性的現代性，換句話說，十七年中國文學的包含了許多屬於中國現代精神探索的獨特的元素，值得我們認真加以總結和梳理。在他們看來，再像 1980 年代那樣，將這個時代的文學以「封建」、「保守」、「落後」、「僵化」等等唾棄之顯然就太過簡單了。

「反思現代性」與新左派理論家的這些見解不僅開闢了中國當代文學史寫作的新路，而且對中國現代文學的基本價值方向也形成了很大的衝擊。如果百年來的中國文學與文化都存在一個清算「西方殖民」的問題，如果這樣

〔註 2〕參見李怡：《十七年文學研究「熱」的幾個問題》，《重慶大學學報》2011 年 1 期。

的清算又是以延安—十七年的道路為成功榜樣的話，那麼，又該如何評價開啓現代文化發展機制的五四？如何認識包括延安，包括十七年文化的整個「左翼陣營」的複雜構成？對此，提出這樣的批評是輕而易舉的：「那種忽略了具體歷史語境中強大的以封建專制主義文化意識為主體的特殊性，忽略了那時文學作品巨大的政治社會屬性與人文精神被顛覆、現代化追求被阻斷的歷史內涵，而只把文本當作一個脫離了社會時空的、僅僅只有自然意義的單細胞來進行所謂審美解剖，這顯然不是歷史主義的客觀審美態度。」〔註 3〕

利用文學介入當代社會政治這本身沒有錯，只不過，在我看來，越是在離開「文學」的領域，越需要保持我們立場的警覺性，因為那很可能是我們都相當陌生的所在。每當這個時候，我們恰恰應該對我們自己的「立場」有一個批判性的反思，在匆忙進入「左」與「右」之前，更需要對歷史事實的最充分的尊重和把握，否則，我們的論爭都可能建立在一系列主觀的概念分歧上，而這樣的概念本身卻是如此的「名不副實」，這樣的令人生疑。在這裡，在無數令人眼花繚亂的當代文學批評的背後，顯然存在值得警惕的「偽感受」與「偽問題」的現實。

只要不刻意的文過飾非，我們都可以發現，近「三十年」特別是 1990 年代以來中國當代文學及其批評雖然取得了很大的發展。但是也存在許多的問題，值得我們警惕。特別需要注意的是 1990 年代以後中國文學現象的某種空虛化、空洞化，一些問題成為了「偽問題」。

真與假與偽、或者充實與空虛的對立由來已久。1980 年代的現代主義文學也曾經被稱為「偽現代派」，有過一場論爭。的確，我們甚至可以輕而易舉地指出如北島的啓蒙意識與社會關懷，舒婷的古代情致，顧城的唯美之夢，這都與詩歌的「現代主義」無關，要證明他們在藝術史的角度如何背離「現代派」並不困難，然而這是不是藝術的「作偽」呢？討論其中的「現代主義詩藝」算不算詩歌批評的「偽問題」呢？我覺得分明不能這樣定義，因為我們誰也不能否認這些詩歌創作的真誠動人的一面，而且所謂「現代派」的定義，本身就來自西方藝術史。我們永遠沒有理由證明文學藝術的發展是以西方藝術為最高標準的，也沒有根據證明中國的詩歌藝術不能產生屬於自己的現代主義。也就是說，討論一部分中國新詩是否屬於真正西方「現代派」，以

〔註 3〕董健、丁帆、王彬彬：《我們應該怎樣重寫當代文學史》，《江蘇行政學院學報》2003 年第 1 期。

「更像」西方作爲「非僞」，以區別於西方爲「僞」，這本身就是荒謬的思維！如果說 1980 年代的中國詩壇還有什麼「僞問題」的話，那麼當時對所謂「僞現代派」的反思和批評本身恰恰就是最大的「僞問題」！

不過，即便是這樣的「僞」，其實也沒有多麼的可怕，因爲思維邏輯上的某種偏向並不能掩飾這些理論探求求眞求實的根本追求，我們曾經有過推崇西方文學動向的時代，在推崇的背後還有我們主動尋求生命價值與藝術價值的更強大的願望，這樣的願望和努力已經足以抵消我們當時思維的某種模糊。

文學問題的空虛化、空洞化或者說「僞問題」的出現，之所以在今天如此的觸目驚心在我看來已經不是什麼思維的失誤了，在根本的意義上說，是我們已經陷入了某種難以解決的混沌不明的生存狀態：在重大社會歷史問題上的躲閃、迴避甚至失語——這種狀態足以令我們看不清我們生存的眞相，足以讓我們的思想與我們的表述發生奇異的錯位，甚至，我們還會以某種方式掩飾或扭曲我們的眞實感受，這個意義上的「僞」徹底得無可救藥了！1990 年代以降是中國文學「僞問題」獲得豐厚土壤的年代，「僞問題」之所以能夠充分地「僞」起來，乃是我們自己的生存出現了大量不眞實的成分，這樣的生存可以稱之爲「僞生存」。

近 20 年來，中國文學批評之「僞」在數量上創歷史新高。我們完全可以一一檢查其中的「問題」，在所有問題當中，最大的「僞」恐怕在於文學之外的生存需要被轉化成爲文學之內的「藝術」問題而堂皇登堂入室了！這不是哪一個具體的藝術問題，而是滲透了許多 1990 年代的文學論爭問題，從中，我們可以見出生存的現實策略是如何借助「文學藝術」的方式不斷地表達自己，打扮自己，裝飾自己。《詩江湖》是 1990 年代有影響的網站和印刷文本，就是這個名字非常具有時代特徵：中國詩歌的問題終於成爲了「江湖世界」的問題！原來的社會分層是明確的，文學、詩歌都屬於知識分子圈的事情，而「江湖世界」則是由武夫、俠客、黑社會所盤踞的，與藝術沒有什麼關係。但是按照今天的生存「潛規則」，江湖已經無處不在了，即便是藝術的發展，也得按照江湖的規矩進行！何況對於今天的許多文學家、批評家而言，新時期結束所造成的「歷史虛無主義」儼然已經成了揮之不去的陰影，在歷史的虛無景象當中，藝術本身其實已經成了一個相當可疑的活動，當然，這又是不能言明的事實，不僅不能言明，而且還需要巧妙地迴避它。在這個時候，生存已經在「市場經濟」的熱烈氛圍中扮演了我們追求的主體角色，兩廂比照，不是生存滋養了文學藝術的發展，而是文學藝術的「言說方式」滋養了我們生存的諸多現實目標。

於是，在 1990 年代，中國文學繼續產生不少的需要爭論的「問題」，但是這些問題的背後常常都不是（至少也「不單是」）藝術的邏輯所能夠解釋的，其主要的根據還在人情世故，還在現實人倫，還在人們最基本的生存謀生之道，對於文學藝術本身而言，其中提出的諸多「問題」以及這些問題的討論、展開方式都充滿了不眞實性，例如「個人寫作」在 20 世紀中國新詩「主體」建設中的實際意義，「知識分子寫作」與「民間寫作」的分歧究竟有多大，這樣的討論意義在哪裏？層出不窮的自我「代際」劃分是中國新詩不斷「進化」的現實還是佔領詩壇版圖的需要？「詩體建設」的現實依據和歷史創新如何定位？「草根」與「底層」的眞實性究竟有多少？誰有權力成爲「草根」與「底層」的的代言人？詩學理論的背後還充滿了各種會議、評獎、各種組織、頭銜的推杯換盞、觥酬交錯的影像，近 20 年的中國交際場與名利場中，文學與詩歌交際充當著相當活躍的角色，在這樣一個無中心無準則的中國式「後現代」，有多少人在苦心孤詣地經營著文學藝術的種種的觀念呢？可能是鳳毛麟角的。

在這個意義上，中國當代文學的研究與批評應該如何走出困境，盡可能地發現「眞問題」呢？我覺得，一個値得期待的選擇就是：讓我們的研究更多地置身於國家歷史情態之中，形成當代文學史與當代中國史的密切對話。

國家歷史情態，這是我在反思百年來中國文學敘述範式之時提出來的概念，它是百年來中國文學生長的背景，也是文學中國作家與中國讀者需要文學的「理由」，只有深深地嵌入歷史的場景，文學的意味才可能有效呈現。對於中國現代文學研究而言，這樣的歷史場景就是「民國」，對於中國當代文學而言，這樣的歷史場景就是「人民共和國」。

感謝花木蘭文化出版社，使得我們對百年來中國文學的研究有了兩大厚重的背景——民國與人民共和國，這兩套大型叢書將可能慢慢架構起百年中國文學闡述的新的框架，由此出發，或許我們就能夠發現更多的眞問題，一步一步推進我們的學術走上堅實的道路。

2014 年馬年春節於江安花園

自　序

對性別身份的敏感從很小就開始了：從老人對女孩和男孩的不同態度中，從理科老師對男生和女生的不同期望中，從男生對女生充滿優越感的調笑中……女人是什麼？男女性別究竟有什麼不同？女人天生就是弱勢麼？對性別的困惑就此種下，並隨著年齡的增長而增加。然而，卻並未想到有一天會將女性文學研究作爲我的博士論文選題，在此之前甚至有點兒反感這個話題，因爲觸目所及，似乎關於女性文學研究的文章和論著實在太多了，又充斥著陳詞濫調。

在今天的中國大陸，性別問題已經發生了很大的變化，兩性之間存在著普遍的憤怒。生存的壓力，社會的不公，被堵死的向上的路，房貸、教育、醫療、養老……種種，都成爲憤怒的來源。焦慮和急功近利成爲時代病，當女性感到深受男性壓迫的時候，男性也感到了來自女性的各種壓力。在性別問題上，男女兩性都抱持著雙重價值標準：女性一面想要享受現代女性的各種好處，性的自由，工作的自由，另一方面又想像傳統女性一樣被供養。而男性，一面抓住自己的特權不放，另一面又必需女性與之共同承擔生存的負擔。因此，才造成了兩性問題在今天的複雜多樣。

誠然，今天的女性依然受到各種形式的歧視，在就業形勢嚴峻的情況下尤其如此。一些用人單位直接將女性排斥在外，一些單位以外貌甚至三圍作爲選拔女職員的標準。在消費主義文化中，女性更是不由自主地進入了消費與被消費的雙重陷阱中，她們的物化程度是前所未有的。但與過去的時代相比，女性又有了更多選擇的機會——比如，就交換而言，在完全的男權社會，她們不過是從一個產權所有者手中被轉移到另一個產權所有者手中，而今天，女性的交換至少是她們自己選擇的結果，雖然這又可能帶來許多新的問題。她們有了獨立生活的可能，並能在暢通的信息中進行自我教育和學習。今天的女性如果仍把一切責任都推到男性身上，這不僅不厚道，更是對自己的生命不負責任的表現。

在對 1990 年代以來的女性文本閱讀中，我發現眞正的女性主義作家其實並不多。自由與放縱，守舊與解放，獨立與依附，在她們筆下常常混淆在一起。與此同時，她們還不得不面對市場的誘惑，於是，「身體寫作」、「性」、「隱私」常常成爲販賣的手段，這與女性主義的追求又恰恰背道而馳。

從 2007 年 9 月進入博士學習到 2011 年 11 月論文答辯，期間我閱讀了大量的作品和資料，卻越來越感到力不從心。首先，在浩如煙海的女性文學作品中，選擇哪些作爲我的研究對象？從性別優勢與性別陷阱這一角度切入，是否能囊括所有的小說作品？其次，寫作中，很難跳脫已有的研究框架和路數，我所反對的陳詞濫調，有時自己也在不由自主地使用。再次是，理論性的不足。在選題之前，對女性文學的相關理論未做系統的思考，相當於從頭開始，走了很多彎路。另外，在寫作的過程中，我也承受著一個女性研究者必須承受的多重壓力——工作、學業和孩子的撫養教育，這對我的研究造成了一定的干擾，但同時也加深了我對女性處境的更直觀認識。

學術論文的寫作是一個充滿遺憾的過程，它與最初的設想簡直是天壤之別。所幸的是，博士論文的寫作並非學術研究的終結，而僅僅是一個開始——正是因爲困惑和遺憾的存在，才會吸引我繼續將這個命題做下去，並且是以更加認眞、紮實的態度。如今，它將以一本書的形式呈現在大家的面前——所有的錯誤將在此定型，但我期待著來自您的誠懇批評和建議，以促使我更加努力去完善它。

最後，我要衷心感謝華南師範大學文學院柯漢琳老師、陳少華老師、袁國興老師、金岱老師、李金濤老師等對我論文的指導。感謝我的導師劉納先生在學業、思想、生活等方面對我全方位的指導，正是從她身上，我知道了一個女性可以如此博學，如此通透，如此深刻，又如此寬厚。感謝我的碩士導師李怡老師一直以來對我學術上的關心，感謝花木蘭出版社的編輯們在我的論著上所花費的勞動和心血。

目次

緒論

1990 年代以來，中國大陸女性文學研究呈現了空前繁榮。大量論著的出版和單篇論文的發表，推動著這一學科的發展和成熟。與此同時，「困境」、「危機」等詞彙也開始不斷出現，顯示了研究者的困惑和焦慮。與所有從西方移植過來的理論一樣，它首先面臨著一個本土化的問題。這一理論如何與中國大陸的現實語境相適應，它是在何種意義上被移植和挪用的？其次，隨著時間的推移，大陸女性的處境和女作家創作的語境也發生了很大的變化，舊有的女性文學理論是否依然適用？第三，儘管經過了三十多年的努力，女性文學研究獲得了一定的話語權，但與男性學者和創作者之間仍缺乏良好的交流互動。第四，女性主義理論本身就充滿了矛盾，各流派之間的觀點互相牴牾，學科中一些基本的概念，比如「女性文學」、「女性意識」、「女性主義」……依然存在諸多爭議。自然，爭議說明了學科發展的活力，同時也給了研究者更多反省的機會。從劉思謙的《娜拉言說——中國現代女作家心路紀程》，孟悅、戴錦華《浮出歷史地表——現代婦女文學研究》等對女作家的梳理，對女性文學傳統的發掘，到對女性「身體寫作」、女性寫作與商業之間的關係的討論，到逐漸發現女性寫作自身存在的種種悖論，已經顯示出了女性文學研究的系統性、豐富性與多元化。在開始本書之前，筆者擬對一些基本的概念進行界定，以確立自己的研究範疇。

第一節　一些基本概念的界定

關於女性文學這一概念，我認爲至少有三點是必須強調的：一是，女性文學不等於「女人寫的文學」；二是，女性文學不等於「寫女人的文學」；三是，女性文學不是「女人的性文學」。

關於這三點，並非繞來繞去的文字遊戲，而是長期以來女性文學研究中的混淆所在。人們往往理所當然地以性別為標準，將「Women's Literature」界定為女性作家的文學創作。白燁在《中日女作家新作大系・中國方陣》的總序中寫道：「女性文學，當是指女性作家創作的帶有女性意識和女性特點的文學作品。女性作家涉足創作，不管有意識無意識，自覺不自覺，都不可能不帶有一定的女性意識和女性特點。從這個意義上說，女性意識的文學與女性書寫的文學，並無本質上差別。」〔註 1〕女性意識和女性特點，是他所定義的女性文學的核心。同時他又認為，只要是女作家的寫作，就一定帶有女性意識和女性特點。事實並非如此。很多女作家的作品並不具有女性意識，相反具有鮮明的男權意識，如中國古代女作家的作品以及英國 18 世紀女作家的許多小說。關於這一問題，許多研究者已經有所關注。劉慧英在《走出男權傳統的藩籬——文學中男權意識的批判》中指出：「我們不能以男女性別來區分男權主義和女權主義；同樣，我們也不能以男作家或女作家來標示『男性文學』或『女性文學』。」〔註 2〕同樣的，在詹信看來，「是否屬於婦女文學，這裡採取的檢驗標準是作者對所探討的經歷的理解。要看她描述和評判這種經歷時，用的是多種多樣具有個性的，而同時又是婦女生活固有產物的措辭用語，還是用的是男子的原則和評價標準。」〔註 3〕肖珊娜・費爾曼則質疑道：「身為婦女就具備了以婦女身份說話的全部條件嗎？以「婦女」的身份說話「實際上是由某種生物條件決定的？是由一種理論策略位置決定的？還是由解剖學或文化決定的？」〔註 4〕（著重號為作者所加。）也就是說，作家的性別不是界定女性文學的唯一標準，女作家並不天然就為女性說話。一部作品是否女性文學，關鍵在於作家們究竟寫作了什麼樣的內容，使用的是什麼樣的評價原則和標準。

〔註 1〕白燁：《中日女作家新作大系・中國方陣總序》，林白：《貓的激情時代》，中國文聯出版社 2001 年。

〔註 2〕劉慧英：《走出男權傳統的藩籬——文學中男權意識的批判》，生活・讀書・新知 三聯書店，1996 年，第 8～9 頁。

〔註 3〕丹尼爾・霍夫曼：《美國當代文學》（下卷），鄭啓吟譯，中國文藝聯合出版公司，1984 年，第 483 頁。

〔註 4〕肖珊娜・費爾曼：《婦女與瘋狂：批評的謬誤》，伊格爾頓：《女權主義文學理論》胡敏、陳彩霞、林樹明譯，湖南文藝出版社，1989 年，第 63～64 頁。

針對男性寫作往往以男性爲中心的做法，有人提出了女性文學是以婦女作爲中心的文學。也就是說，以婦女作爲主要的表現對象，在文本中展開對其命運、經歷、情感等的關注和描述。但是，是否所有以婦女爲中心的創作都是女性文學呢？女權主義批評家羅瑟林·科渥德在《婦女的小說是女性主義小說嗎？》一文中指出：

> 說以婦女爲中心的作品與女性主義有必然聯繫是不可能的。以婦女爲中心的小說絕非是一種新現象。米爾斯和布恩（Mills and Boon）叢書的傳奇小說，其作者、讀者及買主均是婦女，性的、種族的和階級的屈服常常成爲這些小說的特徵，然而沒有什麼比這些幻覺距離女性主義宗旨更遠。〔註5〕

寫女性的小說，並不一定就持有女性視角或女性立場。正如瓊瑤等人的言情小說雖然是以女性爲中心的寫作，但作品中透露出強烈的男權意識，女性對男性在情感和精神上都具有強烈的依附性，因此都不能將之納入女性文學的範疇。所以，寫什麼並不是重點，問題最終應仍然歸結到如何寫，在何種意義上寫上面。

1990 年代以來許多女作家如陳染、林白、虹影、衛慧等對性的大膽書寫與渲染，也給了人們一種錯覺，以爲女性文學就是「女人的性文學」。相對於 1980 年代之前寫作中對性欲尤其是女子性欲的忽視與貶抑，此一時期對性欲問題的提出具有一定的進步意義。需要注意的是，生物的「性」（sex）是女性研究的起點，但 sex 的含義還包括諸多其他生理因素，如女性的月經、懷孕、流產、生育等獨特體驗，正是這些構成了女性獨特的生存處境。而上述女作家卻僅僅將寫作的重心放在性欲的描寫上。羅瑟林·科渥德在上文中還談到，「談論性欲和關注性欲並非代表著進步。女性主義者對形象和對觀念的分析進行已久，她們不可能認爲只因將女性性欲作爲主要關注對象而討論性欲就是進步的。色情文學批評常常突出女子性體驗問題，而它恰是最爲女性主義者反對的。」〔註6〕以「性」爲寫作中心一方面標誌著女性寫作的解放意義，但另一方面又與 1990 年代以後中國大陸的全面商業化轉型有著密切的關係。在商業社會中，「性」的寫作常常成爲最有吸引力的賣點。同樣是寫性，不同

〔註 5〕〔英國〕羅瑟林·科渥德：《婦女的小說是女性主義小說嗎？》，張京媛編：《當代女性主義文學批評》，北京大學出版社 1992 年，第 69～86 頁。

〔註 6〕同上，第 69～86 頁。

的作家由於其立場和角度的不同，可能是嚴肅的女性文學，也可能是想以性爲噱頭賺取更多的關注。甚至於，同一個女性作家在不同文本中對性的表達也有不同。這些都需要具體而細緻的分析。

那麼，女性文學究竟是什麼呢？從前面的否定性論述中，可以得出這樣的結論：女性文學就是女作家創作的有著鮮明的性別立場的作品。這一定義範圍相對狹窄，然而更爲準確和明瞭。首先，它強調作家的性別爲女性。劉慧英說她的女性文學概念「所劃定和描述的女性文學批評的區域相對約定俗成的『女性文學』概念更嚴密（排除了女作家非婦女問題的寫作），又更具鬆散性（接納了男性作家或其它主題和題材的作品中有關女性問題的思考以及與此相關的故事情節和藝術形象）。」〔註 7〕這固然更爲全面，但似乎又容易造成邊界的模糊。由於男性所處的特殊位置，儘管他們也可能對女性提供同情的視角，但我更願意相信女性自身的體驗。其次是對性別立場的強調。任何一個作家的寫作都必然包含一種或多種價值立場，價值立場決定了他選擇以什麼作爲寫作中心，爲人物設置什麼樣的命運，以何種方式來發言。持有鮮明的性別立場在這裡是指對女性的特殊處境，包括生理的、心理的、社會的、文化的各方面問題的關注與書寫，以女性的視點進行思考和表達。

楊莉馨區別了男性視角和女性視角敘事的不同。「從女性視點展開的敘事存在如下幾方面：1、重視內在感情、心理的描述。2、女性形象處在主體和看的位置，她是選擇自己生活道路的主動者。3、肯定女性意識和欲望的存在。相反，從男性視角展開的敘事則存在著明顯的差異，表現出如下基本特徵：1、重視理性、思辨色彩和外在客觀因素的引入。2、女性形象被置於客體和被看的位置。她的選擇是被動的，無奈的或爲男性所預設的。3、對於女性意識和欲望持道德批判態度，或將之轉化爲政治意識。」〔註 8〕持有性別立場的女作家的作品有不同的表達方式，如林白、虹影等對女性生理性別和隱私的書寫，張潔對女性「弱勢地位」的強調，張欣等則關注經濟轉型社會中女性的困惑與堅守……然而，持有性別立場的作品並不就等於女性主義的作品。從女性文學到女性主義文學，其間尚有很大的差距。女性文學強調性別立場，但性

〔註 7〕劉慧英：《走出男權傳統的藩籬——文學中男權意識的批判》，生活・讀書・新知 三聯書店，1996 年，第 13 頁。

〔註 8〕楊莉馨：《異域性與本土化：女性主義詩學在中國的流變與影響》，北京大學出版社，2005 年，第 100 頁。

別立場又常常在客觀上成爲一種資源，如一些女作家對女子性欲的強調在很大程度上迎合了商業的需求，對女性氣質或某種「女人的矯情」的賣弄也成爲賣點，而事實上性別成爲資源又恰恰是女性主義者所反對的。而一味強調女性的「弱勢」或者「受害者」身份，將所有的責任都推到男性身上，本質上是將自己視爲「未成年」的人，而不是一個獨立的、可以自己選擇並承擔自己命運的主體。因此，在我看來，堅持性別立場，強調女性在物質和精神上的獨立自主，強調女性對自身命運的選擇和承擔精神的作品，才是眞正的女性主義的作品。〔註 9〕

女性常常被認爲天然地具有某種「弱勢」，比如體力不如人，在職場上容易受到歧視，甚至在智力上也不如男性，等等。我們卻忽略了，「弱勢」也可能是「優勢」：在體力上不如人，她通常就能得到較多的照顧，不需要去做強體力的活，戰爭等冒險的事情也輪不到她，因而避免了很多危險的境況。同時，社會給以女性的期待也不如男性那麼多，因此她的生活壓力相對較小。今天已經有很多數據證明，女性的平均壽命比男性長，女性雖然較多受到婦科疾病的威脅，男性也常罹患前列腺炎等與生殖有關的疾病。所以，當我們談到「弱勢」這一詞彙的時候，一定要注意它必然是相對的，並且，會隨著時代和環境的變化而變化。在商業社會當中，女性的體力不再成爲「弱勢」，甚至有學者提出城市更適合女性生存，因爲女性更靈活、柔韌，交際能力更強。並且，商業社會也爲女性提供了相對自由寬鬆的環境，女性有時可以利用身體來走捷徑。然而，需要注意的是，任何優勢背後都有陷阱，甚至於，優勢本身就是陷阱。當社會給以女性的壓力變小了，同時也就壓縮了她發展的空間；當她利用身體資源換取更好生存的時候，她也就需要面對年輕貌美的身體資源耗損之後可能的結果。

今天，男女兩性的關係發生了前所未有的變化。不僅女性在被商品化被物化，男性也在被商品化被物化。刊於《小說月報》2006 年第 7 期的傅愛毛的小說《嫁死》，線索比較簡單，卻蘊藏著豐富的信息，即在一個貨幣價值定

〔註 9〕20 世紀 80 年代以來，Feminism 一詞的譯文常有「女權主義」、「女性主義」兩種。偏向於使用「女權主義」的學者認爲，女性究竟能否脫離由男性控制的舊秩序而建立差異互補的新秩序，其根本原因還是權力問題。傾向於使用「女性主義」，則主要是爲了強調女性研究的文化立場和從文化角度建構獨立的女性意識、女性身份、女性美學和女性傳統。對於文學批評，我更傾向於後者的定義，多使用「女性主義」這一譯法。

位的社會中，男人有時僅僅作爲金錢的替身而出現，他們的處境甚至比女人更糟。因此，在強調性別立場時，還需要將人性關懷納入進來進行考量——這在女性寫作和研究中常常被混淆。哪些是屬於女性獨有的問題，哪些是兩性共有的，如張欣小說《你沒有理由不瘋》、《鎖春記》等當中涉及到的，在社會轉型、價值劇烈動蕩的時代，對理想、信仰的質疑與危機並非女性才會遇到，男性同樣會遇到。而另一方面，堅持性別立場並不是說將男性作爲一個完全的對立面，對他們所遭遇的不幸、不公採取幸災樂禍的態度。如果僅有性別立場而無人性關懷，無一個作家應有的對人類不幸的悲憫，這樣的作品必然不是好作品，張潔小說《無字》可以作爲一個例證。

正如男性的性別偏見會阻礙其對人類精神更全面而深刻的瞭解，過於強調女性的性別特徵也可能走向另一個極端，同樣會對作家造成禁錮。因而，一些女性主義者提出了「雙性同體」的說法：「任何寫作者，念念不忘自己的性別，都是致命的。任何純粹的、單一的男性或女性，都是致命的；你必須成爲男性化的女人或女性化的男人。女人哪怕去計較一點點委屈，哪怕不無道理地去訴求任何利益，哪怕或多或少刻意象女人那樣去講話，都是致命的。致命不是個恰當的字眼兒；任何寫作，只要懷有此類有意識的偏見，注定都將死亡。」〔註 10〕這也構成了女性主義者的矛盾之處。女性究竟該如何寫作，是否應該強調性別立場，又成了一個問題。我們也的確發現，當政治訴求或者憤怒的情感過多地流瀉於作品之中，其藝術性自然會降低，有時，反而是那些不那麼強調性別的作家（如遲子建），其作品到達了一種更爲澄澈的藝術境界。種種問題交織於女性文學的研究當中，很難清晰地說明，而這也正是學術的魅力所在。持有性別立場是女性寫作的一種策略，但如果僅止於此，又會形成新的障礙。所以，較理想的形態就在於，關注性別而能超越性別，將性別立場與人性關懷相結合，在更高的層面上去理解女性的處境。

第二節　1990 年代以來女性的新處境

以 1990 年作爲研究的分界線，是因爲 1990 年代以來，中國大陸發生了巨大的變化：「奇迹」般的經濟發展速度，舊有價值體系的突然崩塌和新價值

〔註 10〕〔英〕弗吉尼亞・吳爾夫，賈輝譯：《一間自己的房間・本涅特先生和布朗太太及其他》，人民文學出版，2003 年，第 90～91 頁。

觀念的多元混亂，各種文化的衝撞交織……女性所面臨的處境也發生了前所未有的變化。

要在短短的篇幅中概括1990年代以來女性處境的變化並非易事，何況「女性」這一說法過於籠統。正如我們所看到的，職業女性、家庭婦女、打工妹、娛樂場所女性、農村婦女……她們的處境可說是天壤之別。然而，不得不承認的是，無論時代如何變化，女性都要面對一些共同的問題，比如，生理性別的問題，與男性的關係問題（愛情與婚姻家庭），如何界定自己在社會中的位置的問題（職業選擇與社會性別觀念）等等，而女性寫作也正是從這些方面展開的。

1990年代以來，女性在性上的解放似乎達到了前所未有的程度。避孕藥物和避孕器具的廣泛使用，降低了性解放的風險和成本。而人工流產的放開，更造成一種不必爲突然的生物性衝動負責的錯覺。鋪天蓋地的「女子醫院」的廣告傳遞著「輕輕鬆鬆解決問題」的信息，「無痛人流」、「無痛分娩」似乎在告訴人們，女性已經克服了千百年來身體的最大的弱勢，亦即懷孕、流產、生產的痛苦。雖然波伏娃的「女人不是天生成的，而是被造就的」被視爲女性主義的經典話語，但我們還是不得不承認，生理的性別導致了女性之間的巨大差異。同樣享受性的歡愉，男女所承受的後果不同，因爲女人是會懷孕的。當然，避孕觀念的改變和補救措施的便捷，至少提供了男女在性上平等的可能性。

但是，問題並不就如此簡單。沒心沒肺的商業廣告背後，掩蓋的是全球每年有十萬女性死於人工流產的殘酷事實，更遑論那些因人工流產而造成的或輕或重的身體傷害。由於生理結構的特殊性，女性也更容易罹患性病。在性別不平等的社會中「女性流動人口在進入城市後會處於特別不利的地位，並處於無保護的、臨時或商業的性行爲與隨之而來的艾滋病風險中」。〔註11〕

性的解放從來都不是性本身，而是與整個社會文化環境相關的。一方面，社會對待性的寬容度大大增強，性話題似乎不再成爲禁忌。特別新世紀以來，網絡的發達，照相和攝像設備成本的降低，爲各種豔照和性愛視頻在網絡的瘋傳提供了條件。同時，幾乎所有的豔照和性愛視頻鏡頭所面對的都是女性，

〔註11〕夏國美、楊秀石：《社會性別、人口流動與艾滋病風險》，上海社會科學院婦女委員會、上海社科院婦女研究中心：《性別與家庭調研報告》，上海社會科學院出版社，2008年，第20～36頁。

這就不能不讓我們反思在身體和性問題上，女性並未擺脫被看的地位，相反，她們很多時候還出於商業目的刻意迎合這種被看。另一方面，對男女兩性的雙重道德標準仍然存在。在性變得越來越輕易的同時，大量網絡論壇還在不斷討論著處女與非處等問題。男人女人都落入了自己的陷阱當中，對於男人來說，一面想要享受現代自由的性，一面又想要維護舊有的優越權力；對於女人來說，一面是性的放任，一面又得面對這個社會的道德壓力。經濟的開放並不必然帶來觀念的轉變，相反，封建腐朽的思想常常借著消費主義和大眾文化借屍還魂。

中國全面進入消費主義時代正是在 1990 年代。所謂消費主義（Consumerism），「是指這樣一種生活方式：消費的目的不是爲了傳統意義上實際生存需要（needs）的滿足，而是爲了被現代文化刺激起來的**欲望**（wants）的滿足。換句話說，人們消費的不是商品和服務的使用價值，而是它們在一種文化中的**符號象徵意義**」。〔註 12〕。相對於 1980 年代以前的「無性別」和 1980 年代的理想化，消費主義時代似乎更是屬於女性的時代。閃亮的櫥窗，琳琅滿目的商品，彷彿都爲女性而存在。在女作家的作品中，消費主義文化的痕迹無處不在：小說中的女白領們喝著星巴克的咖啡，用著蘭蔻、資生堂的化妝品，拎著 LV 的包包……一切時尚符號疊加在一起，累積成了都市新女性的形象，而不管這形象之下究竟是否有一顆現代而獨立的心靈。小說中的女性本身，也成爲消費符號而存在。就如現實中，「成功人士」的標誌除了名車豪宅，身邊必定有一個年輕貌美的女子，小說中大多數女性也年輕貌美，姿色出眾，如張欣筆下的歐陽飄雪、落虹、杜夢煙，廖永筆下的張志菲，池莉筆下的林珠……而大多數相貌平庸或者年老色衰的女人的命運卻被排斥在外。這不由人不產生疑惑：女性文學所關心的，僅僅是年輕貌美的女性麼？

在消費主義時代，文學作品也成爲消費的符號。安妮寶貝的小說，和她小說中那些代表時尚的符號一起，成爲「小資」的某種標誌。憂鬱而非深刻的痛苦，溫情而非傷心傷肺的愛，漂泊是小小的冒險而不會傷及性命……消費，總是隔著一定距離，而不必太多投入。文學，在很大程度上消解了理想化色彩，而所謂女性主義的革命性也遭到了瓦解。在研究者對作家文本中的女性主義因子大加讚揚的時候，常常忽略當中雜糅的其他成分。

〔註 12〕程箐：《消費鏡象——20 世紀 90 年代女性都市小說消費主義文化研究》，中國社會科學出版社，2008 年，第 5 頁。

1990年代以後，大眾文化取代了精英文化，佔據了精神消費的主要領域。報紙、電視、網絡等媒介對我們的影響已經遠遠超出了我們的想像。首先，大眾文化對於傳統女性形象的強化。可以說，1991 年熱播的電視連續劇《渴望》中的劉慧芳形象是媒體強化傳統女性形象的一個開端。這個好得不能再好的女性，她的善良、孝順、體貼、順從等性格，正是傳統文化所賦予的女性特質，是家庭中的完美「天使」。朱麗亞・T・伍德認爲，媒體爲我們提供的性別模式，有三個主題佔據主導地位：第一，女性和少數族裔未能得到充分的表現。第二，在描繪男性和女性時，首先反應和維持的是傳統的性別觀念。第三，對於兩性關係的刻畫強調了傳統的性別角色和男女之間權力的不平等。〔註13〕她分析說，媒體對於女性的表現並不充分，在形象的刻畫上，「媒體所展示的男孩子和男人通常都主動、愛冒險、很強大，在性方面具有侵略性，而且大多粗獷、大大咧咧，而女孩子和女人則表現得年輕、被動、依賴，時常缺乏自信。」〔註 14〕大量的女性化妝品廣告、服裝廣告，強化的是女性年輕貌美的身體資源。而廚房用品、洗衣粉等廣告，則強調了女性做家務、照料孩子等傳統角色。

大眾文化的本質決定了它以取悅大眾爲目的，一旦反抗大眾所認可的價值標準，其傳播效果將大打折扣。在主要爲男性所操控的話語空間裏，強化固有的性別形象和模式，強調兩性之間權力的不平等，是媒體的本能反應。而作爲女性文學，應該立足於對傳統女性形象和男女關係的反思，有時卻又有意無意地屈從於大眾的認知。如張欣小說中的很多形象，管靜竹、于抗美、如一等都是堅忍的、善良的、具有犧牲精神的女性。正如前面提到的文學作品中對年輕漂亮的女性的描寫更多一樣，這來自文學的兩難處境：一面要求銷量，一面要堅持自身的政治或藝術訴求，很難兼得。

大眾文化也提供了一些新的形象，比如《辛巴達》講述的就是女人拒絕嫁給王子，而做了海盜的故事；《怪物史萊克》中菲揚娜公主是一個超重的綠色怪物，是對傳統的美貌公主的挑戰。「80 年代對全美電視網 1000 則電視廣告的分析表明，對女性受眾來說，廣告產品的重要性在於使用產品後改變形體，例如讓自己更有吸引力或者消除病痛。對男性來說，最重要的卻是改善

〔註13〕〔美〕朱麗亞・T・伍德，徐俊、尚文鵬譯：《性別化的人生——傳播、性別與文化》，暨南大學出版社，2005 年，第 187 頁。

〔註14〕同上，188 頁。

社會關係、引起情緒反應和有效完成工作。」〔註 15〕而現在的廣告將男性形體、外貌的改變也作爲了重要的訴求，許多男性服裝廣告、洗髮水廣告、化妝品廣告開始出現。反映在女作家的小說中，男性有時也成爲被觀賞的對象，如唐穎《紅顏》講述了一個英俊的男理髮師被一群女人包圍的故事。小說透露了關於性別的一些新特徵。

一面是消費文化和大眾文化製造的幻覺，一面是女性身處的眞實環境，兩者常常被混淆。在中國，制度和法律保障了男女兩性的平等，但女性在職場仍承受著各種歧視。《上海市女大學生就業狀況調查》的報告中指出，全國高校有 80%的女大學生表示自己曾在求職過程中遭遇性別歧視，並分析了女大學生就業難的原因：

> 女大學生就業難源於女性生理特徵的高勞動成本是用人單位歧視女大學生的最重要原因：第一，從勞動時間的連續性來說，女性有一個男性所沒有的斷裂帶，即生育哺乳期，而這一階段的工資、福利需要企業負擔；第二，從退休金的負擔來看，女性要比男性早 5～10 年，而且由於期望壽命的性別差異，女性雇員一般要比男性領取更長更多的退休金；第三，從業務培訓費的利用率來看，由於女性工作時間比男性短，因而女工的年均培訓費要高於男性，其利用率相應的也比較低。〔註 16〕

在就業壓力越來越大的情況下，男女兩性皆面臨著劇烈的競爭，生育並沒能完全實現社會化，這就決定了女性在職場仍處於弱勢地位。當她們發現，走一條獨立自主的路何其艱難之時，也就自然會產生走捷徑的想法，於是，「幹得好不如嫁得好」等思想開始擡頭。然而，正如波伏娃所說，「男人的極大幸運在於，他，不論在成年還是在小時候，必須踏上一條極爲艱苦的道路，不過這又是一條最可靠的道路；女人的不幸則在於被幾乎不可抗拒的誘惑包圍著；每一種事物都在誘使她走容易走的道路；她不是被要求奮發向上，走自己的路，而是聽說只要滑下去，就可以到達極樂的天堂。當她發覺自己被海市蜃樓愚弄時，已經爲時太晚；她的力量在失敗的冒險中已被耗盡。」〔註 17〕走一條艱難

〔註 15〕陳俊峰：《試論男色廣告》，《東南傳播》2009 年 6 月，第 129～131 頁。

〔註 16〕曾燕波：《上海市女大學生就業狀況的調查》，上海社會科學院婦女委員會、上海社科院婦女研究中心《性別與家庭調研報告》，上海社會科學院出版社，2008 年，第 182～194 頁。

〔註 17〕〔法〕西蒙娜·德·波伏娃，陶鐵柱譯：《第二性》，中國書籍出版社，1998

的獨立之路還是出賣自身資源的捷徑，女性常常處於兩難選擇中。已經處於職場中的女性，也同樣面臨這樣的選擇難題。劇烈的職場競爭中，男性同事不會因爲她們是女性而有任何的手軟，上級、客戶的各種性騷擾常常存在，她們靠自己的能力非常困難，即便成功了也常常被說成靠的是身體資源……在這樣一個背景下，很難判定女性的地位究竟是提高了還是降低了。

醫療、保險、教育、養老等問題是壓在中國人頭上的幾座大山，這就使得大部分家庭，男人和女人得一起分擔生存的壓力。而傳統對女性的界定仍然未能得以改變，女性在職業之外，還得兼顧家庭：家務勞動、教育孩子、照顧老人。社會仍然以家庭是否美滿作爲判定女人價值的一個最重要的標尺。因而，從某種程度上來說，與傳統女人相比，現代職業女性所承受的壓力並未減輕反而是加大了。這些在女作家的作品中也有所表現。

總的來說，1990 年代以來，女性的處境發生了很大的變化，很難用好或壞，進步或者退步，提高或者降低等詞語簡單地概括，它是非常複雜的，充滿了矛盾悖論。性的解放與腐朽的觀念同在，又與商業絞纏在一起；消費主義文化爲女性提供了更豐富的物質選擇，又將她們誘入消費與被消費的陷阱當中；大眾文化也在不斷維持和固化女性的傳統角色和形象……在消費社會，女性開始凸顯自己的性別優勢，這優勢不僅相對於過去的女性，有時也相對於男性。而任何優勢背後又必然有陷阱存在，這是她們不得不去正視的現實。——所有的一切，都構成了女性寫作的新語境。

第三節　1990 年代以來的女性小說寫作

1990 年代以來，對作家及其創作產生最深刻影響的，莫過於文學生產機制的市場化轉型。「『市場化』對當代文學發展的影響遠非任何程度的『外部衝擊』可以形容，而是深入到文學生產機制的機理內部，直接影響到文學的生成方式和樣貌成規（諸如發表出版原則、價值評價體系，以及作家的身份、立場等）的重大變化。」〔註 18〕文學創作全面進入市場意味著作家必須爲自己作品的銷量負責，小說從寫作、宣傳、包裝到銷售都需要遵循市場化的要

年，第 728～729 頁。

〔註 18〕邵燕君：《傾斜的文學場——當代文學生產機制的市場化轉型》，江蘇人民出版社，2003 年，第 1 頁。

求，寫作的內容自然也會發生深刻的變化。對女作家而言，可說是一個極大的機遇，也可說是造成 1990 年代以後女性寫作繁榮的一個重要的原因。作品因爲冠以「女」字而備受關注，就市場化而言，作家的女性身份成爲了一種性別優勢。「美女作家」的推出就是一個典型的例子。

「所謂『美女作家』的創作群體最初在文壇集體亮相是通過『七十年代以後』這樣一個欄目。該欄目由《小說界》1996 年第 3 期率先推出，隨後，《山花》（1998／1）、《芙蓉》（1998／4）、《作家》（1998／7）、《長城》（1999／1）也先後推出相關欄目。在三四十年的時間裏，這些欄目共發表 70 篇小說，其中近七成是女作家的作品。」〔註 19〕冠名「七十年代」作家，卻 70%作品都是女性的，女作家的性別在商業化中的優勢由此凸顯出來。從此，對於女作家來說，「美女」只是區別於男性的一個性別，而非眞實容貌的寫照。作品中，封面、封底或內頁加上作家的玉照是經常的事情。而小說中大量對性、隱私、同性戀等的描寫，在促進了銷量的同時，卻爲中國當代女性寫作蒙上了一層曖昧的顏色。常常，連同「女性主義」本身，也成爲了一個標簽，以利於作品的銷售，如林白《一個人的戰爭》書後有這樣的介紹：「因以獨特的女性話語，大膽、深刻和細緻地表現了女性心理，在文學界和讀書界引起了極大的反響。此後被認爲是『個人化寫作』和『女性寫作』的代表性人物之一。」〔註 20〕所以，當我們去考察中國當代女性作家的寫作，去分析其性別立場時，拋開商業的影響是很難說清楚的。

1990 年代以來，寫作的女性按年齡段可以分爲這樣幾代：一是，1940 年代和 1950 年代出生，1990 年代以後仍然從事寫作的女作家，如殷慧芬、張潔、張辛欣、陸星兒、張欣等；二是 1960 年代出生的女作家，如林白、陳染、虹影等；三是 1970 年代出生的女作家衛慧、棉棉、安妮寶貝、朱文穎等；四是 1980 年代出生的張悅然、春樹等，四代女作家經歷不同，價值觀迥異，共同書寫著女性對於人生、性別的不同體認。

本書以小說作爲研究對象，一是，由於篇幅的限制，二十多年的女性文學創作很難完全納入研究當中；二是，小說在反映社會的廣度和深度上是其它文體所難以匹敵的。儘管小說的本質是虛構性，不可能像鏡子一樣是對社

〔註 19〕邵燕君：《傾斜的文學場——當代文學生產機制的市場化轉型》，江蘇人民出版社，2003 年，第 258～259 頁。

〔註 20〕林白：《一個人的戰爭》，春風文藝出版社，2006 年，第 213 頁。

會現實忠實的反映，但是，通過對文本的細讀，可以窺見作者對性別的認知。三是，小說歷來被認爲是最適合女性的寫作，「小說是一種不具男性權威長久歷史的形式，它在一定程度上源於諸如日記、日誌、書信等婦女諳熟的寫作類型。小說在形式上較之於依賴希臘、拉丁典故的詩歌而言更易接近、把握，其內容無論過去還是現在都被認爲是適合於婦女的形式。」〔註 21〕在當代中國，由於教育普及，小說寫作的門檻也相對較低，更多的女性有了從事創作的機會。並且，小說是一種更容易適應市場需求的文體，大量小說被改編爲電影和電視連續劇更刺激了女性的寫作。因而，一方面，這些文本中或隱或顯地呈現出女性對於性別問題的認知，另一方面，又可以看出她們爲了適應市場需求的一些文本策略，也反映了女性寫作的現狀。

性別這一概念，至少包含兩個方面的意思，一是生理性別（sex），一是社會性別（gender）。1990 年代以來的女性寫作開始涉足過去沒能涉足的領域，初潮、流產、身體的變化等幽密的個人體驗，這是一種進步。然而，被稱爲「身體寫作」的那個潮流至今看來仍有許多可疑之處。首先，她們對於女性生理經驗的寫作，大多集中於對性欲書寫。在男性的作品中，女性要麼是毫無性欲的純潔天使和仙女，要麼就是可怕的蕩婦，到 1990 年代，女性才開始大量地書寫自己的情欲而不是由他人代言。結合社會文化的變化，參照男性作品，我們會發現，對性欲的寫作與文學的市場化及整個社會的商業氛圍有著密切的聯繫。如果說，林白、陳染等對女性性欲問題的探討尚有積極意義，到衛慧等對身體的肆意張揚則已經完全是商業的賣點。在對性欲的大量細緻描寫中，她們忽略了女性生理性別中其餘的因素。唯有陸星兒的小說，對女性的流產、生育等問題探討得較多，她立足於描寫女性的生理差異究竟造成了她在社會中怎樣的一種處境。比如，《今天沒有太陽》寫的是女性在流產中面對的身體和精神的雙重羞辱，《寫給未誕生的孩子》雖寫於 1982 年，卻較深地揭示了女性在生育和職業之間的兩難選擇。生理性別是多方面的，並不等於性欲，這是我在第一章中所要討論的問題。

世界只存在男女兩性，女人一生都必須處理的最深刻的關係是與男性之間的關係，最普遍體現於愛情和婚姻關係當中。愛情究竟是怎樣的一種情感，在男女兩性關係中體現了什麼樣的權力模式？在現實和文本中，愛情究竟是

〔註 21〕伊格爾頓，胡敏、陳彩霞、林樹明譯：《女權主義文學理論》，湖南文藝出版社，1989 年，第 160 頁。

體現了女性更多的自由還是給以了更多的束縛？第二章以張潔的小說為中心，思考愛情婚姻問題。因為張潔的《無字》是當代女性小說中較為獨特的一篇，其性別立場非常鮮明：在小說，作者營造了一個男女兩性徹底對立的世界，以胡秉宸為代表的男性世界是齷齪骯髒的，是女性世界的敵人。在對葉家三代女人命運加以寫作的同時，她也對男性歷史進行了解構，如他們在政治鬥爭中的勾心鬥角，他們自私無情的本性。這是否代表了一種女性主義的立場？文章將通過對文本的細緻讀解來展示作者自身的矛盾之處，那激進態度背後所隱藏的女性對男權制度的某種維護。

除了處理與男性的關係而外，女性還要處理其內部的關係。歷史以來，女性就不曾是也不可能是一個完整的團體，因為她們與同階級和同利益集團的男性結合得更為緊密，這與階級和種族問題相比有其獨特之處。但是，女性共同的處境又常使她們彼此更容易瞭解和溝通。許多女作家都寫到母女關係和姐妹情誼甚至同性戀的問題。她們是否可以建立一個女性的烏托邦？第三章分析母女關係和姐妹情誼的複雜性，同時將父女關係也納入了進來，因為父親是另一面鏡子，是她們體認男性世界的開始。弒父與戀父，常常交織於女性的文本當中。

第四章討論的是女性在當下社會中的自我定位。商業的發達帶來的是價值倫理前所未有的動蕩，貨幣價值定位改變了人們對舊有價值的評價，如重感情重承諾，人與人之間的信任，人的善良、真誠、自我堅守等道德都遭到質疑，而工商倫理要求的契約關係，對金錢和現實利益的看重等，使人們受到了前所未有的衝擊。在這一背景下，女性該如何選擇，職業和家庭的矛盾，自身作為交換品的處境，交換中的種種悖論……是擺在她們面前的重要問題。本章將以張欣的小說為中心分析都市和商業背景下的女性形象。

性別問題常常不僅僅是性別問題本身，它與階級、種族等問題是結合在一起的。由於中國的民族問題較為敏感，似乎沒有比較突出的寫作少數民族女性的作家。而嚴歌苓作為一個海外女作家，其作品正好彌補了這方面的不足，她將性別問題納入到階級、民族、種族等問題當中進行思考。被賣的日本少女多鶴，僅僅被當作子宮和乳房而存在（《小姨多鶴》）；為了移民而假結婚的少女小漁，在異國他鄉苦苦討生活（《少女小漁》）；37 歲的海雲為了兒子遠嫁海外，得了國籍和物質生活，青春卻只能在古堡中白白流逝（《紅羅裙》）……女性問題在其靈敏的筆端，呈現出豐富性和更多的啓示性。

第六章則通過對遲子建小說的分析，進一步思考性別立場與人性關懷兩者之間的關係，並由此反思女性創作的藝術性。對性別立場的堅持代表的是女性寫作的政治訴求，卻可能因爲對性別的過於強調而陷入一種狹隘和自我局限。當代作家中，遲子建並不是一個持有女性立場的女作家，而她的小說卻具有較強的藝術性。尤其是中篇小說，多見佳構。小說中對男女兩性關係的處理，多堅持的是傳統的道德，比如愛、忠貞、信任等，卻充滿溫情。遲子建小說的女性特徵是屬於藝術性的，其溫潤飽滿通透，正是女性氣質的體現。或許，正因爲其去除了對性別的執拗，更關懷人生普適性的問題，如生老病死，愛恨別離等，而又出之於女性的悟性、靈性和悲憫，使作品達到了更高的藝術境界。

六章從六個角度逐漸深入對女性問題的探討。然而，性別優勢與性別陷阱只是研究 1990 年代女性小說寫作的一個視角，二十年間作家作品數量之龐大難以盡數納入進來，因而採取的是以論代史的方法，每一章選取一兩個最具代表性的作家作品，以概括分析女性問題的這幾個比較重要的方面。

第一章　「身體寫作」與生理性別之思

在進入對性別問題的討論之前，我們首先要面對的一個問題是：女人是什麼？隨著醫療技術的發展，變性手術將會越來越容易，人們將可以自由地選擇自己的性別。但是，在此之前，我們仍不得不承認，女人的存在首先是一個生理的事實。青春期的危機，伴隨著疼痛與恐懼的月經，懷孕與流產的痛苦，生育與哺乳的焦慮……這些構成了女性處境的基本要素。女子性欲，身體的痛苦，母性的本能，是生理性別（sex）的基本組成部分，而與此同時，由於人始終處於社會當中的，生理性別與社會性別（gender）並不能截然分開，根本不可能從中剝離出純粹的生理性別問題。

身體是承載我們生命悲歡的舟子，是我們的寄居之所。對身體的關注是女性寫作的一個起點。在傳統的觀念中，女性的弱首先就是因爲身體的弱：她體力不如男人，容易罹患各種婦科疾病，與男人相比她的生命中還有被強姦的危險……而男人的身體則天然給人以力量感。但是，弱勢又常常可以轉化爲優勢，比如，她不用做太重的活，她會得到男人的照顧，甚至「弱」本身也可能是一種「強」，現實中存在的「恃弱淩強」卻常常被我們忽視——弱者似乎天然具有一種道德優勢，沒有多少人敢公開宣稱自己不同情弱者。

1990 年代以來，「身體」成爲女性寫作的一個關鍵詞，「身體寫作」在一片讚揚聲中也受到了諸多質疑。在關於身體的狂歡式的描寫中，我們看到了大量的身體意象、器官的躍動，幽微而隱秘的性體驗……女性終於敞開了自己的身體，但是，另一方面，身體不僅僅意味著歡愉，也不僅僅意味著性，它還意味著它的受難。當女性作家故意忽略身體的另一面，而僅僅將描寫集中於女子性欲的時候，極大地挑逗了文學市場，與商業深刻糾纏在一起——

身體於是成為一種資源，女人寫性也就變成了對性別優勢的利用，這本是女性主義者所反對的，她們由此陷入了自身的悖論中。

關於身體痛苦、複雜的一面，陸星兒探討得較深刻。與別的女性作家關注女子性欲不同的是，她較多探討女性的流產、生育以及由此帶來的社會處境的艱難。可以說，陸星兒是當代中國少有的眞正具有女性主義特徵的作家。

第一節　女子性欲的寫作及其意義

性在中國當代的寫作中，在很長一段時間曾經是一個禁忌的話題，女性寫作尤然。許多作家在對情感的寫作中刻意迴避了性，如張潔寫於 1979 年的《愛，是不能忘記的》當中，男女主角的感情純粹到連手都沒有拉過。到 80 年代末期才有鐵凝的《玫瑰門》、王安憶的「三戀」等小說對女性身體意象和性欲較為大膽的描寫。而進入 1990 年代之後，對身體和性欲的渲染突然佔據了女性寫作的大部分篇幅，因而令人產生了女性文學就是「女人的性文學」的誤解。

女性作家對身體和性欲的大膽描寫與時代的變化有著密切的關係。1990 年代以來，伴隨著性觀念的開放，文學作品中對於性的描寫越來越多，尺度也越來越大。相對於過去的「禁欲」，這可以說是一種進步。然而，與此同時，一些腐朽的觀念也改頭換面，充斥於其間。以陳忠實《白鹿原》和賈平凹《廢都》為例，這是兩部純粹以男性視角寫作的小說。在《白鹿原》中，作者非常熱衷於對人物新婚之夜的描寫，甚至有時這些描寫對情節並無推動作用，只是滿足了讀者偷窺和獵奇的欲望。白嘉軒先後娶的七個女人，都只是「女人」而已，是性和生殖的工具。小說中唯一具有主體性和獨立意志的小娥，一個性欲異常旺盛的女人，死後還撒播瘟疫，讓白鹿原不得安生，最後只好將她的屍體焚燒並建塔鎮壓。這個勇敢叛逆的女性，在中國仁義道德的重壓之下，就成了永世不能翻身的妖了。女人要麼是家庭中的「天使」，要麼是萬惡的「蕩婦」，在男作家的筆下，她並未改變幾千年來的形象，而男性作家也並未想過要改變對她們的偏見，或者突破舊有的寫作藩籬。

《廢都》是對《金瓶梅》時代的借屍還魂。在萎靡墮落的精神廢都中，西京文人莊之蝶靠著自己的名氣和才華俘獲了女人們的肉體和心靈。溫良賢淑的妻子牛月清，美豔而深情的阿燦，質樸而狡譎的保姆柳月……在莊之蝶身邊形成眾星捧月的氣氛，她們是他絕望而崩塌的靈魂的逃逸之地。女人的欲望，更多時候是一種獻祭，而莊之蝶對她們，則像是一種居高臨下的寵幸：

> 阿燦在他的懷裏，說:「你不知怎麼看我了，認作我是壞女人了。我不是，我真的不是！你能喜歡我，我太不敢相信了，我想，我即使和你幹了那種事也是美麗的，我要美麗一次的！」……「我要說的，我全說給你，我只想在你面前做個玻璃人，你要喜歡我，我就要讓你看我，欣賞我，我要嚇著你了！」竟把衫子脫去，把睡衣脫去，把乳罩、褲頭脫去，連腳上的拖鞋也踢掉了，赤條條地站在了莊之蝶的面前。〔註 1〕

女人們都全心全意愛他，無怨無悔。而他周旋於其間，自得其樂。她們只是符號般的存在，並不真正理解莊之蝶的精神世界，正如她們被排斥於整個時代精神之外一樣。

因此，女作家對女性身體和性欲的寫作，是對男性單一視角的糾正，她們企圖通過寫作來爲自己的身體言說、正名。正如西蘇所說，「通過寫她自己，婦女將返回到自己的身體，這身體曾經被從她身上收繳去，而且更糟的是這身體曾經變成供陳列的神秘怪異的病態或死亡的陌生形象，這身體常常成了她討厭的同伴，成了她被壓制的原因和場所。身體被壓制的同時，呼吸和言論也被壓制。」〔註 2〕通過對自我的寫作，女性才能表達自己身體的真正欲望和感受，而不是由男性去言說和歪曲。由此，女性對身體和欲望的寫作有著很大的進步意義，儘管中國當代女作家對此的理解也許與西蘇的意思相去甚遠——寫身體與「身體寫作」之間並不等同，但她們畢竟開始寫了。

其次，就當代女性寫作的歷史來看，1990 年代以來女性作家第一次將女子性欲提到如此高的地位，手淫、做愛、偷窺、強姦、同性戀……大量充斥於她們的作品當中，震驚了當時的文壇。許多研究者對此進行了高度的褒揚，如陳曉明對林白作品的評價：「這些故事中多大程度上契合作者的內心世界並不重要，重要的是它是真實的女性獨白，是一次女性的自我迷戀，是女性期待已久的表達。」〔註 3〕視之爲女性的代言人。羅亭等也認爲，「在大陸，引

〔註 1〕賈平凹：《廢都》，北京出版社，1993 年，第 243 頁。

〔註 2〕〔法國〕埃萊娜·西蘇：《美杜莎的笑聲》，張京媛編《當代女性主義文學批評》，北京大學出版社，1992 年，第 188～211 頁。

〔註 3〕陳曉明：《不說，寫作和飛翔》，林白：《一個人的戰爭》，春風文藝出版社，2006 年。

發女性身體寫作的直接原因，更大程度上是源於女性自身反思過程中強烈的性別意識的覺醒。這種寫作，不僅要顛覆父權社會和女性身體物化以及商品化的男性美學，而且要反叛『文化大革命』的政治強權話語所造成的『無性別』時代，因而，這種女性生命體驗的扭曲與壓抑，往往使她們的身體帶著痛楚的受傷的痕迹，帶著兩性對立的強烈情緒，激憤甚至偏執地走向文本。」〔註 4〕他們的肯定，對於女性的寫作無疑起著推動作用。不管這是否眞正意味著女性性別意識的覺醒，是否意味著對父權社會女性物化和商品化的男性美學的顚覆，但它對過去時代的「無性別」確實是一種反叛，它吸引人們關注女性，關注她們的身體，她們的欲望，它對那凝固的價值體系產生了衝擊，在某種程度上具有解放的意義。

女子性欲在她們筆下美好而綺麗，既大膽又神秘，既幽靜又喧鬧，是隱喻的又是直白的，性感而充滿魅惑力：「冰涼的綢緞觸摸著她灼熱的皮膚，就像一個不可名狀的碩大器官在她的全身往返。她覺得自己在水裏游動，她的手在波浪形的身體上起伏，她體內的泉水源源不斷地奔流，透明的液體滲透了她，她拼命掙扎，嘴唇半開著，發出致命的呻吟聲。……」〔註 5〕如此大膽的描寫，在中國女作家的寫作中是前所未有的。

她們勇敢地改寫那些被男性固定化了的故事，比如強姦故事和誘姦故事。在男性的小說中，女性是弱小被動的，她們要麼被男性的暴力脅迫，要麼在精神上被男性控制和欺騙而成爲被強姦和誘姦的對象，如《德伯家的苔絲》、《復活》等。在這些小說中，受到傷害的女性要麼墮落，要麼自殺，要麼只有被動等待男性的拯救。儘管男作家對她們充滿了人道主義的同情，但同情又常包含著充滿優越感的居高臨下。在林白的筆下，強姦不再是一件可怕的事情，而是林多米多年來的性幻想。強姦者不是兇惡的歹徒，而是一個美好柔弱的男孩，傷害並未造成，兩人最後還成了男女朋友，留下了美好的印象。與林白《一個人的戰爭》相似的是，陳染《私人生活》、虹影《飢餓的女兒》等作品都寫到了「誘姦」，然而卻全然不同於男性的描述。在這三部小說中，男性均比女性年長得多，性和人生經驗都遠比她們豐富。但她們不再是受害者，相反是主動的，男性不過是她們獲得自我成長的工具。六六與歷史老師做愛後，發現了一個全新的自己：「突然，我的眼淚湧了出來，止不住

〔註 4〕羅亭：《女性主義文學批評在西方與中國》，中國社會科學出版社，2006 年。
〔註 5〕林白：《一個人的戰爭》，春風文藝出版社，2006 年，第 189～190 頁。

地流，渾身戰慄。同時，我的皮膚像鍍上一層金燦燦的光輝，我聞到自己身上散發出來的香味，像蘭草，也像梔子花。最奇異的是，我感到自己的乳房，頑強地鼓脹起來。的確，從這一天起，我的乳房成熟了，變得飽滿而富有彈性。」〔註 6〕他們的愛是錯位的：歷史老師不過是想借一個純潔少女的身體暫時逃避歷史政治的壓迫，而六六則希望借歷史老師的愛來餵養情感的飢餓和空洞。但從此後，六六發現了女性的身體，女性性別之獨特和美好，並在精神上獲得了成長，從此擁有了獨自面對人生的勇氣。在陳染那裡，兩性的戰爭往往勢均力敵，很難分出勝負。男性以爲自己具有超越性，他可以通過性器官來佔有女性實現自我，但另一方面，他卻對自己身體動物性的一面無能爲力。在欲望的燃燒中，他是軟弱的，而女性在某種意義上對身體更具有控制能力。

在海男的小說《身體蒙難記》中，更加清晰地展示了女性寫作與身體的關係。對於蘇修來說，對人生的認識是從對身體的迷惑開始的：十五歲那年在鐵軌上親眼目睹繁小桃的被強姦，使她第一次對身體產生了恐懼，也產生了好奇。之後，伴隨著一個個女人身體故事的上演，她開始寫作，寫作對女人來說，正是來自對身體窒息、壓抑的紓解，對身體之謎的探索。這也許更契合於西蘇的理論。

然而，寫作身體並不等於「身體寫作」，女子性欲的寫作在中國當代女作家這裡，不僅與女性主義思想相關，更與商業有著密切的聯繫。

第二節　寫作「身體」的誤區

如果說，林白、陳染等作家對性的描寫只是有意無意地滿足了市場的某種需要，那麼，到衛慧的《上海寶貝》，則將商業意味推向了極致。邵燕君在《「美女文學現象研究」——從「70 後」到「80 後」》一書中，分析了《上海寶貝》的賣點主要在兩點：一個是「寶貝」，一個是「上海」。〔註 7〕性與後殖民文化一起，構成了文本奇特的欲望景觀。一邊是與天天無性的愛，一邊是與德國人馬克的瘋狂做愛。小說對性愛的描寫大膽而細膩：

> 他的措辭像一個急於求歡的騙子，把我頂在紫色的牆上，撩起

〔註 6〕虹影：《飢餓的女兒》，中國婦女出版社，2008 年，第 187 頁。

〔註 7〕邵燕君：《美女文學現象研究》，廣西師範大學出版社，2005 年，第 17 頁。

> 裙子，利索地褪下CK內褲，團一團，一把塞在他屁股後面的口袋裏，然後他力大無比地舉著我，二話不說，就準確地戳進來，我沒有什麼感覺，只是覺得像坐在一隻熱乎乎的危險的消防栓上。〔註8〕

這是書中倪可與馬克在馬桶上做愛的一段，衛慧的語言有種特別的性感。發生在危險而骯髒的環境中的做愛，省去枝節直奔主題，粗俗和狂熱中蒸騰著赤裸裸的欲望。乾淨利落中作者卻不忘提到內褲的CK牌子，眞是對消費主義文化和所謂「上海」的絕妙反映。

當然，商業並非完全是一件壞事，比起政治的宰制來，它畢竟獲得了更大的自由，但對作品商業性的過度追求難免會走向誤區。正如張閎在《聲音的詩學》中所寫的，「衛慧的暴得大名，不僅僅助長了文學上的虛浮和豔情之風，更重要的是，它刺激起一大批文學寫作者（尤其是年輕女性寫作者）強烈的名利欲，一種一夜暴富的賭徒心理惡性膨脹起來。」〔註9〕而她的暴富，所依賴的就是對性的誇張描寫和渲染，其結果是，女性完全成爲被看、被玩味的對象，這與女性主義的追求背道而馳。

不僅衛慧，一些被女性文學研究者寄予厚望的作家如虹影等，也在寫性的作品中加入了許多商業的因素。小說《K——英國情人》就是一個例子。二十七歲的英國詩人、評論家裘利安·貝爾到青島大學擔任英國文學教授，認識了系主任鄭的夫人閔。閔始而抗拒，繼而兩人深陷美好的性愛與情愛中無法自拔。貝爾爲了保留自由，遠走西班牙參戰，閔感應到他的死亡，以「鬼交」的獨特方式追隨他而去。這個故事將性的美好描寫到了極致。故事中溫柔賢淑的東方女性閔是主動的，她以自己對性的鑽研，對中國古代房中術的實踐完全俘獲了花花公子樣的貝爾。她懂得如何享受性的美好，也懂得怎樣進退自如。然而，閔的主動卻包含了難以言喻的隱忍，她千變萬化的性花樣，她對外貌的修飾，難道不是費盡心機的討好？更重要的是，這裡加入了一個新的「被看」。「採陰補陽」之類的房中術、鴉片氤氳中的性愛，這些被我們斥作糟粕、被現代文明所摒棄的東西，在兩人性愛中煥發出了最迷人的光彩——這似乎也隱喻了東方文化在西方人眼中所煥發的畸形光彩。當虹影面對的不僅是中國市場，更是海外市場的時候，這種對「被看」的迎合便成爲了

〔註8〕衛慧：《上海寶貝》，春風文藝出版，1999年，第72頁。

〔註9〕張閎：《小資的精神幻象》，《聲音的詩學》，中國人民大學出版社，2003年，第273～282頁。

她的一種寫作策略。於是，對性的描寫就不再是女性主義理論所能涵蓋的了。

走出政治桎梏，以女性解放爲訴求的女子性欲書寫，又很快陷入了與商業的媾和當中，爲當代的女性寫作蒙上了曖昧的色彩。而性本身也不能解決所有的問題，它不可能那樣純粹毫無附著。性有其禁忌和規制，有其文化的和倫理的意義。對性的困惑，在女作家那裡其實早已出現。前文提到，在《一個人的戰爭》中，林白改寫了誘姦故事：林多米獨自去旅行，遇到了一個年長的船員，在懵懂中與他發生了性關係。這個故事，被她描述爲林多米的一場旅行和冒險。她故作輕鬆，貌似無所謂，行文到核心處，卻發生了轉變：「她開始意識到，她毫不被憐惜，她身上的這個男人絲毫不在乎她的意願，她是一個惡棍和色狼，她竟眼睜睜地就讓他踐踏了她的初夜。」〔註 10〕

浪漫的幻想露出了殘酷的本相，強姦故事中軟弱無能的男孩長成了強悍、經驗豐富的中年男子。眞實的身體與精神之痛到這裡袒露無遺。注意她所使用的詞彙：「憐惜」、「惡棍和色狼」、「眼睜睜」、「踐踏」，這是不對等的詞彙。只有強者才能給弱者以憐惜，有力的一方才能對軟弱的一方進行踐踏。如果多米是主動的，那麼，這兩個詞語都是無效的，而她也無權界定對方爲惡棍和色狼。

在這個故事中，林多米貌似在向男權文化挑戰，但她實際始終在遊移著，沒有形成一個堅定的自我。在性的冒險中，她努力抗拒成爲受害者，卻又不由自主地自我認定爲受害者。從這裡可以看出，文化中的性別觀念是如何根深蒂固：對性的張揚，絕對不可能眞正解決女性自由和解放的問題，相反，更陷入重重困難中。

她們也在這困難中尋找著新的突破。林白開始不再僅僅關注自己，而將筆觸轉向了被人們忽略的鄉村。

到《萬物花開》，欲望在林白筆下被重新喚醒，呈現一片盎然生機。她用恣意、絢爛而綺麗的文字，營造了滿園春色。在這部小說中，她的創造力似乎達到了一種前所未有的自由狀態。「達到一個從未去過的地方，變成一個從未見過的人。在頭頂長出翅膀，在腳下長出高蹺。橫著生長，豎著生長，像野草一樣肆意。」〔註 11〕

〔註 10〕林白：《一個人的戰爭》，春風文藝出版社，2006 年，第 135 頁。

〔註 11〕林白：《野生的萬物》，《前世的黃金》，時代文藝出版社，2006 年，第 92～94 頁。

小說以頭上長了五個腦瘤的大頭作爲敘述者，通過他的眼睛看見了欲望世界的紛繁絢爛。五個腦瘤帶來了死亡的威脅，也帶來了自由；他們如同花瓣，飛翔在王榨的上空，讓大頭感到了常人所不能感到的東西：幽暗的夜晚，美麗誘人的器官和聲音，腥甜的氣味。五個腦瘤使他充滿想像力，在他看來，所有的欲望都是美麗的，它使萬物有靈。瘤子喜歡看見男女私情，也喜歡看見萬物交媾：禾三和線兒偷情、寡婦李桃和二皮做愛，狗和狗打連，蜻蜓的尾巴沾在一起……一切都是美妙而神秘的，它是最動物性的，也是最人性的，裏面有人性的軟弱、溫柔和悲憫，因而一切都是合理的，包括身體的交換、暴力、做妓女，包括春天的花癡，包括大頭在監獄中扮跳開放的小梅。

但是，果眞如此麼？有許多遠比欲望更沉重更深刻的東西，卻被作者刻意掩蓋和抹去了。欲望是美麗的，但是世界上有許多欲望所無法填補的黑洞。當林白用了絢麗的語言營造了這個完美的世界的時候，我卻分明讀到了其中可能無法彌合的裂隙。

在作者精心營造的欲望下眾生平等的世界，其實是不平等，相反，看與被看，主體與客體涇渭分明。二皮殺豬，豬竟是那樣溫順而心甘情願。全村的女人都愛禾三叔，全村的男人都羨慕他。是因爲他的魅力嗎？當然不是，只是因爲他有可供交換的權力。即便鄉村的道德已然解體，關涉身體與權力的交換也並非如此簡單和詩意。而小說中作者賦予了最多詩性的是小梅的故事。跳開放的小梅作爲男人們的欲望對象而存在，也在男人們的欲望中死去。她所充當的，只是一個被看、被撫摸、被強姦的角色。直到她無聲無息地死去，讀者也無法知道在她流浪的生涯中曾發生過什麼，她有過什麼樣的痛苦，期盼過什麼，對於這個奪去她生命的男人，是否有過一絲的感情……這一切，本可經由大頭那無所不能的瘤子加以想像和補充卻並未如此，唯一可能的解釋就是，作者根本不關心這個，她只關心欲望本身，而忽略了欲望是有主體和客體的。

大頭在小梅死後，仍扮作她的樣子來取悅監獄老大，以換取更好的生存。他用敘述還原了小梅：她半透明的裙子，挺拔的胸脯，胸脯上閃亮的紙屑，都如在眼前。語言製造欲望，也滿足欲望。大頭是一個換裝者，他混淆了自己與小梅的距離而直接變爲欲望本身。

視女性爲客體，爲被看的對象，本是女性主義者所反對的，也是林白早期小說中所迴避的。在這裡，她似乎又走了回頭路。

《婦女閒聊錄》是林白寫欲望、寫自己無路可走時的另一個嘗試。這部小說起名為「婦女閒聊錄」，敘事上也採取婦女閒聊的方式：隨意、粗糙、重複、散漫。無知無識的打工者木珍的敘事還原了王榨的生活，人事風物。這是 1990 年代之後的農村，一切道德都處於動蕩當中，生、死、性、愛、恨、訟都有其原生的質地，不帶作者或者敘述者自身的任何感情。正如她在後記《生活如此廣闊》中所寫的，「我對自己說，《婦女閒聊錄》是我所有作品中最樸素、最具現實感、最口語、與人世的痛癢最有關聯，並且也最有趣味的一部作品，它有著另一種文學倫理和另一種小說觀。」〔註 12〕至於這小說觀是什麼，她在《後記二》中繼續解釋道，原是想做成筆記小說的，但「從筆墨趣味到世界觀，文人的筆記小說會不同程度地傷害到眞的人生，傷害到豐滿的感性。」〔註 13〕

因之，在這部小說中，讀者只看到人物自己在活動，作品的認識僅只停留在敘述者的水平。是大批青年湧向城市之後凋敝的農村：學校空了，孩子們在學校搶飯吃；農村成為假貨的傾銷地，洗髮水等全是水貨。道德已然淪陷：村裏女人們隨意偷情，木菊和她姐喜歡同一個男人，三個人就一起睡了。木匠的媽媽當著媳婦的面，讓大兒子和三媳婦喜兒好，因為這樣可以不要錢。生孩子先照 B 超，如果是女孩就直接打掉。老人太老了，八十多歲、九十多歲的，有的就被兒子弄死了……敘述者只是敘述，沒有任何的感情傾向。以這種方式來營造小說，的確是很特別的。這在林白的小說中，也的確是一個嶄新的嘗試，它與同一時期口述史寫作、非虛構寫作的流行有著密切的關係。

這是林白藉此對生活的開拓，意味著她從《一個人的戰爭》的私語狀態中走了出來，開始了對鄉村和底層的關注。她所做的文本探索也是有價值的。然而，眞的可以這樣消弭素材與作品之間的距離嗎？我仍然對此深感懷疑。

其實，也可以說，從《萬物花開》到《婦女閒聊錄》，林白已經完全取消了其女性主義的立場——雖然《婦女閒聊錄》是以女性來講述的，但有意思的恰恰是在整個講述中並不具備任何的女性自覺。而小說中「存在即合理」的潛臺詞，則取消了對經濟動蕩時代農村男女的眞正關懷。她所呈現的，只是他們表面的對性欲的滿足，而並無對其內心深處的探索。這種對鄉村的想像也出現在男作家的筆下。刊於《收穫》2007 年第 3 期的存文學的《人間煙

〔註 12〕林白：《婦女閒聊錄》，新星出版社，2008 年。

〔註 13〕同上。

火》與之有類似之處。一個村的男人們都打工去了，松林因爲父親眼瞎而留下來，作爲唯一健壯年輕的男人，他於是成爲全村女人們的欲望對象：他幫女人們幹活，女人們則滿足他也滿足自己的性欲，這成爲一個公開的秘密。男人們回來過年，都對松林表示感激，因爲他幫助他們的老婆解決了性的問題。經濟衝擊下鄉村道德的淪喪在他筆下是如此輕描淡寫，沒有應有的陣痛，內心的掙扎也被簡單化。因而，表面的理解與悲憫下面，是一種居高臨下的想當然。摒除了倫理、道德的純淨的性愛烏托邦，掩蓋的是他們的眞實處境。

性是世界諸多關係的根本，從中可以折射出文化、倫理、美學、政治、哲學等觀念。在藝術中缺乏對性的探討，將很難抵達人性的深度。但是，性不能解決所有的問題。達於極致的性所導向的，常常是人生的絕望和虛無。大島渚《官能的王國》（The Realm of the Senses）和羅曼・波蘭斯基的《鑰匙孔裏的愛》（又譯《苦月亮》，Bitter Moon）等電影對性的探討之所以深刻，是因爲始終有哲學背景在。這正是當代女作家寫性作品中所欠缺的。

正如前文所說，Sex 指的是女性獨特的生理性別，而並非僅僅指性欲。林白、虹影等女作家被認爲是持有鮮明性別立場的女作家，她們關注的卻僅僅是女性的性欲。且，這種關注與商業的目的混雜在一起，並使她們的寫作漸漸走向狹隘和自我封閉。對性別的強調是女性的自覺，而這種強調卻又在某種程度上被作爲資源而存在，將性別作爲資源又正是女性主義所反對的。於是，她們的寫作陷入了一個無法逃脫的悖論中。

第三節　流產、生育：身體之痛

對於人類社會這樣複雜的群體而言，本能的說法本身就非常值得懷疑。文化、制度和教育等的影響遠遠超乎想像。生理性別的思考重心不應該在生理本身，更應著眼於生理事實是如何具體地作用於性別主體，如何決定著其在社會中的位置和處境。

正如波斯納在《性與理性》一書中指出的，性所服務的目的「大致分爲三組，我稱之爲生育的、享受的和聯誼的」。〔註 14〕（著重號爲原作者所加）林白、衛慧等作家對性卻只強調其享受的作用，對於身體，也只注意了其歡愉的一面，而缺乏對性可能帶來的後果的描寫。

〔註 14〕理查德・A・波斯納，蘇力譯：《性與理性》，中國政法大學出版社，2002 年，第 146 頁。

虹影寫她的流產遭遇：「醫生連個護士也不用，把用完的器械扔到一個大筐裏，從我身上的布取過來又一件器械，搗入我的身體，鑽動著我的子宮，痛，脹，發麻，彷彿心肝肚腸都被挖出來慢慢理，用刀隨便地切碎，又隨便地往你身體裏扔，號叫也無法緩解這肉與肉的撕裂。」〔註 15〕這才是女性與男性生理區別之本質所在。而與之相伴的，還有我們的文化與制度所帶來的恥辱感、內疚感，以及無尊嚴感。對此，當代女性作家反而涉獵較少。

對女性性別立場的持有可以有多種方式，但在我看來，當代女作家中女性意識最爲鮮明，最具女性主義色彩的作家是陸星兒。她從 1982 年的《哦，青鳥》即開始涉及女性問題，主要作品集中於 1990 年代初期。她既關注女性的生理性別，也關注其社會性別，尤其是在社會變動中女性的生理性別與社會性別之間的矛盾統一關係。流產的精神與肉體之痛，生育與工作的矛盾，母愛的尷尬，家庭與職業的兩難，性別的優勢與陷阱，等等，全面、深刻而清晰地探討了女性在當下的處境。

今天，滿大街都是無痛流產的廣告，似乎已經徹底解決了女人們生理上的痛苦，也因此掩蓋了她們精神上可能的羞恥與傷害——睡一覺，輕輕鬆鬆解決問題。眞是如此麼？陸星兒《今天沒有太陽》中講述的就是女人流產的故事。她關注的不僅是女人身體上的痛，更有女人心理上的痛苦以及重複的命運。「陰天，灰灰的雲靄遮去晨曦，夜與晝之間，少了黎明。」〔註 16〕就是在這一天，丹葉和很多女人一樣，將走上手術臺，做掉她那不該有的孩子。這些孩子將永遠無法見到太陽，也無法見到黎明。雖然避孕藥和安全套已經開始普遍使用以減少性之成本，但「意外」總還是在不斷髮生，人工流產是一個有效的補救辦法，而這後果依然只能是女人來承受。此時她們的生理和心理是怎樣的，又將會有怎樣的陰影和後遺症，男人不能體會，也不願意去體會。

婦產科前聚集了來流產的女人：未婚懷孕的、想生男孩的、超生的、愛上有婦之夫的，也有爲了事業犧牲的……不管背後有多少浪漫的愛情，有多少溫馨和美麗，在這裡所要面對的，都是冰冷的、沒有血肉的手術器械。在這些器械面前，她們是平等的：都不過是一個懷孕的女人，需要處理掉肚子

〔註 15〕虹影：《飢餓的女兒》，中國婦女出版社，2008 年，第 210 頁。

〔註 16〕陸星兒：《今天沒有太陽》，《一撇一捺的人》，文匯出版社，1996 年，第 22～37 頁。

裏的那一個累贅。恐懼、內疚和羞恥將這一群同病相憐的人暫時緊密地團結在一起了：他們訴說來做手術的原委，這些是平時對最親密的朋友也不會說出的秘密。這些秘密，緩解了她們內心的情緒，卻也丟失了最後的尊嚴。相信愛情、爲了愛情而獨自承受的丹葉感到「在這一刻，所有的美好都被辱沒了，就像窗外那遮著太陽的灰灰厚厚的雲。」〔註 17〕

亦都有反思。這樣的痛苦，是誰都不願意再經歷的。但是，就眞的記住了嗎？手術結束，肉體的痛過去，轉眼之間，生活又回到了原樣：「一切都發生了，都過去了。……而坐在那兩條等候的長椅上爲聊以自慰才有的傾吐，彷彿是久遠的事情，已淡泊得像一絲絲雲，轉眼就不見了。」〔註 18〕等到見了各家的男人，痛也立刻忘了，傷疤也立刻忘了。披肩髮的姑娘，因爲男人叫了出租一直等著而得意起來；半年做了三次流產手術的駝背女人，說起丈夫的車隊年年優秀，眼光又泛出了水一樣的柔情……感情沒有一個天平可以稱量，便無所謂誰所得到得多，付出得多，然而，她們的表現已預示著下一次悲劇的重演。這是怎樣可憐復可歎的呢！

一次次的流產毀壞了她們的身體，也摧殘了她們的精神。因而女人的身體不僅僅是林白筆下那充滿歡愉的聖殿，更是流血的、不幸的所在。不注意這一點而侈談女子性欲是遠遠不夠的。墮胎常常被看作是對女人的懲罰。對墮胎的描寫除了其本身的殘酷性常常令人難以正視之外，還常出於道德的考量：「作家去描寫女人分娩時的快樂與痛苦是對而又對的，但若是他描寫了墮胎時的情形，便會被指責爲熱衷於污穢，以卑鄙的眼光表現人性。」〔註 19〕

流產倒是解決了問題，生育卻更麻煩——十月懷胎的艱辛，養育孩子的不易，更重要的是，生育與事業之間的矛盾。1949 之後，通過制度和法律，女性擁有了工作的權利，與男人同工同酬的權利，這似乎意味著女性地位的提高。然而，制度的平等並不能帶來事實的平等，尤其從生理性別的角度，在生產並未完全納入社會化的今天，懷孕一事仍只能由女人負擔，撫育孩子的職責也是傳統文化加之於女人身上的責任，一時很難改變。因而，從某種角度來說，女人其實面臨著雙重的壓力。但這並不意味著女人就此只能抱怨

〔註 17〕陸星兒：《今天沒有太陽》，《一撇一捺的人》，文匯出版社，1996 年，第 22～37 頁。

〔註 18〕同上。

〔註 19〕〔法〕西蒙娜・德・波伏娃：《第二性》，陶鐵柱譯，中國書籍出版社，1998 年，第 551 頁。

和哭訴。《寫給未誕生的孩子》雖然寫於 1982 年 5 月，已經顯示了陸星兒筆下的女性一貫的堅韌。因爲時代的原因，「我」三十歲才如願以償進入大學。戀愛、婚姻、學業，一切都是「遲到的春天」。而不早不晚，孩子也在這個時候到來了。做掉，自己年紀已經不小，丈夫也盼望著要孩子；生下來，卻要面臨現實的諸多困難，瑣碎而眞實的如准生證、孩子的營養問題，自己的學業，將來的就業，等等。但她還是決定將孩子生下來，並且不告訴遠在巴黎求學的丈夫。這裡，也顯示了男女天生的不平等：兩個人的孩子，同樣的求學，女人要承擔的明顯多得多。

「我」是倔強的，不僅沒有拉下功課，連實習也選擇和大家一樣艱苦的崗位，因爲「我不僅僅是個母親，我還要我自己」。這是多麼鏗鏘有力的一句話呢。「五四」時代的子君們說，「我是我自己的」，她卻並未分清「我」與「自己」究竟是什麼，在走出「父」的家門之後，又在「夫」的家門中丟失了自己。大多數女性即便能從丈夫獨立，也難免爲孩子拖累，在妻子和母親的角色之外，還能意識到「我還要有我自己」，這比子君們應該是更進了一步。

「我」不僅順利畢業，論文還得了優秀，獲得了在大會上宣讀的機會。「我」以自己的堅韌證明了女性是可以事業和家庭兼得的，儘管在這過程中付出了數倍的努力，儘管最後設計院還是因「我」的懷孕而不願意接收「我」，但「我」在這過程中的勇敢、承擔顯示了女性獨立、堅定的一面。女性在生理性別和社會性別中的矛盾在這篇小說中表現得極爲充分。

寫於同一時期的小說《呵，青鳥》的故事有類似之處，它講述了一個女人丟失自我，尋找自我，慢慢成長的過程。結婚十年，榕榕好像沒有眞正生活過。社會的突然變化將她拋擲了出來，她發現過去「只想鑽進安樂窩，又發現這個窩並不存在。」丈夫考上了大學，與她的差距越來越大。於是她瞞著丈夫刻苦學習，考上大學，生下了孩子，還努力翻譯劇本《青鳥》。陸星兒的特別處在於，她清晰而深刻的揭示了女性生理性別上的不同，及其爲女性所帶來的難堪、事業上的阻礙，但同時她也顯示了女性可以在兩者之間協調，盡量處理生理性別和社會性別的矛盾。她所關心的問題，是女性所特有的，且是不能不直面的，同時又昭示了女性承擔的可能。因而她才是既具性別立場又具女性主義特質的女作家。

第四節　母性的反思

母性被認為是女人的本能，這是與其生理性別關聯最密切的一種特性，是她動物性的最集中體現。在一些女權主義研究者看來，母性也是由文化決定的。有溺愛孩子的母親，也有拋棄孩子甚至毒殺孩子的母親。波伏娃指出：「根本不存在母性的『本能』，反正『本能』這個詞對人類不適用。母親的態度，取決於她的整體處境以及她對此的反應。」〔註20〕一旦涉及人類，就不能不涉及其所在的文化，這是波伏娃觀點的核心。母性這一問題，的確並不那麼簡單。

陸星兒的中篇《一根杏黃色的水晶鎮尺》思考了母性的偉大、無私、奉獻、犧牲……以及背後女性主體的遺落，和自我意義的空洞。「她」三十歲喪夫，留下了四個孩子，其時最小的兒子尚在襁褓中。為了不讓孩子們受委屈，她一直未改嫁。如今，六十五歲了，孩子們都已成人，大兒子成了著名的作曲家，兩個女兒也都有了出息。為了讓小兒子有結婚的房子，她又搬了出去，給別人當傭人。

「她的一生只做了一件事情——養大了四個孩子」。〔註21〕她為這些孩子付出了自己的所有：每一分工資，每一個鐘點，甚至是身體的每一個零件。包括一生僅有的一份情愛，對他的感情，也漸漸被孩子們消耗掉了：那些她視為珍寶的他的東西，漸漸都給了孩子。皮箱裏的金首飾、小黃魚、他玩過的相機……為供養孩子一一換了錢。派克金筆被大兒子弄丟，水晶文具盒也被小兒子摔碎……衣服能改的都改給了孩子。只有一根杏黃色的水晶鎮尺幸免於難，是她唯一可以依靠的，也是唯一證明她是一個個體，有著自己存在的個性的東西。

孩子們長大成人，她依然不能放心，依然將自己綁縛在他們身上。大兒子的辛勞、大女兒的調動、小女兒夫妻不和、小兒子的婚姻和住房，每一樣都成為她擔心的原因。

母性在這裡成了一種奴性，她的自我的犧牲和遺落是心甘情願的，沒有一絲怨言。丈夫死得有點不明不白，她也沒有追究他可能犯下的經濟罪，因

〔註20〕〔法〕西蒙娜・德・波伏娃，陶鐵柱譯：《第二性》，中國書籍出版社，1998年，第579頁。

〔註21〕陸星兒：《一根黃色的水晶鎮尺》，《一撇一捺的人》，上海文匯出版社，1996年，第85～141頁。

爲這保全了她和孩子簡單的生活，尤其是孩子們清白的政治生命。孩子是她唯一的中心，因而孩子的成功是她最大的安慰和驕傲。多年前，大兒子當了全市的「三好」學生，記者來採訪，她講起了兒子如何如何用功，唯一沒有想到自己。當鄰居議論：「你怎麼不講講你自己？」「沒有你，哪有你兒子？」「她漲紅了臉。她沒想到自己。這就夠了。這是她的兒子。」〔註22〕

但她的犧牲並未得到孩子們特別的感激。小女兒說：「我們兄妹幾個，都是靠自己的努力走出自己的路。」〔註23〕的確，她沒有社會關係，沒有能力，除了給孩子提供基本的溫飽外沒有別的辦法可想。而一個母親，養活自己的孩子，本就是她的基本職責所在，她只是做了延續人類生存的鏈條當中的一環，並無獨特之處。最後，她想要和孩子們團聚在小屋裏一起過生日的願望最終也未能實現。

在小說中，陸星兒並未賦予主人公名字，而只以「她」來代替。這便是屬於女人的代詞：與張王氏等一樣，婚姻使她們失去了自己原來的身份，而僅剩下妻子、母親的身份。在這篇小說中，丈夫死掉後，她所剩下的只有母親的身份。「她」這一僅僅代表女人身份的詞語，對應的正是作爲個體的人的意義的丟失。

她的故事不是一個特殊的故事，她的子女並非不孝的子女，他們也在爲她盡力做一些事情。恰是這樣，更顯出了這個母親經歷的普遍性。這裡面，沒有特別起伏的情節，也沒有大的感情波瀾，有的只是水流般的日常生活。這便是被美化的、被賦予特別意義的母性精神，而在這光環背後，是一個年老無依的女人的辛酸、寂寞和意義的空洞。當孩子一個個離開，她不再被需要，她作爲個體的價值也被抽空了。

關於母性，陸星兒在她的散文《駕馭感情》一文中有精彩的論述，她始終強調人不能丟失自己。「記得，美國有個女作家在一篇題爲《性別的遊戲》的文章裏談到母愛問題時指出：母親應該做的是幫助兒子獨立。母親自己也要做好心理建設，要認識到，你是弓，你的孩子是射向遠方的箭，所以，不要苦苦追尋箭的行蹤，因爲，那屬於孩子自己，是孩子生命劃的軌迹啊！」繼續這個弓與箭的比喻，她說：「所以，我欣賞這個比喻：把自己當做弓，把

〔註22〕陸星兒：《一根黃色的水晶鎮尺》，《一撇一捺的人》，上海文匯出版社，1996年，第85～141頁。

〔註23〕同上。

內心的感情當做箭。箭不斷地射出去，弓依然蓄有力量保存著自己。無論如何，弓不能同箭一起射出去。」「但是，無論我們以如何的方式怎樣的角色在付出，歸根結底不能丟失人生的最終目的——完成自己並體現自己的價值。」〔註24〕

而《一根杏黃色的水晶鎮尺》中的母親，也就是大多數傳統母親，當她們試圖將作爲「弓」的自己綁縛在「箭」上面的時候，不僅自己不堪重負，孩子也會心生厭惡。因爲母愛而放棄自己，最後剩下的只能是一具空殼。

無獨有偶，池莉的小說《你是一條河》也講述了一個守寡的母親獨自拉扯大七個孩子的故事。同樣是三十歲喪夫的辣辣，其時最大的孩子得屋才十三歲，最小的是一對龍鳳雙胞胎，剛滿兩周歲。撫養孩子的艱辛，不被孩子所理解的痛苦，人生中的起伏悲喜，充滿了難言的滄桑感。

作者在作品中，對這個母親更多地是持有一種讚賞態度。「你是一條河」沿襲了文化傳統中對母親的比喻，母親與河的共同處在於她的包容、寬廣、無私與奉獻精神，她對兒女和周遭生物的撫育功能。辣辣是個堅決的女人，在丈夫死前的1961年，她曾經爲交換兩袋米與糧店的老李發生關係，雙胞胎即是老李的孩子。而丈夫死後，她反而堅決地拒絕了老李的性要求。對所有鰥夫的追求，她都只收下禮物，並不在性上做出回應，她還拒絕了小叔的追求。這個女人自有其力量和獨立性在。「這麼大一群姓王的孩子，拖到誰家誰都煩，時間一長，她的兒女准定要受罪。另外，她再也不想生孩子了。八個孩子，將來一家養她一個月，一年就去了大半了，不愁將來，嫁人做什麼？哪個男人不是看她會生養會做事，她可不是傻子，這輩子再也不供什麼漢子在家當大爺了。」〔註25〕

大兒子得屋先是當造反派離家出走，三年後回來已經瘋掉。雙胞胎之一福子死去，貴子不到十六歲卻被騙懷孕，只好讓她遠嫁給鄉下一個三十歲的瞎子。豔春被退學，社員最後因爲強姦而被處決……作爲母親的辣辣，所有這一切都得一點一點地獨自承擔。她爲了孩子們日以繼夜地辛苦工作，甚至去賣血。五十五歲時因爲擔心孩子四清而死去，死前給得屋喂了大量的安眠藥，嘴裏仍念叨著三女兒冬兒。

〔註24〕陸星兒：《駕馭感情》，《天生不女人》，上海書店，1996年，第8～11頁。

〔註25〕池莉：《你是一條河》，《池莉文集3・細腰》，江蘇文藝出版社，1995年，第30～115頁。

這的確是一個堅韌的母親，令人敬佩。她像大地一樣堅實，像老屋一樣在風雨飄搖中庇護著兒女們，連小叔王賢良也依賴著她而活著。女性力量如河流一樣柔韌、豐滿、源源不斷。而她的一生，卻僅僅是作爲母親的一生，而非作爲女人或者作爲人的一生。

冬兒因爲目睹了她與老李的曖昧關係而從此恨上了她，其實她恨的是她作爲女人的另一面，即人性的一面。當她爲了孩子活下來而與老李苟且時，孩子卻因此而恨她。冬兒抗拒著重複辣辣的命運，在十二歲那年，讀過《鋼鐵是怎樣煉成的》後，「她握緊她的小拳頭一遍又一遍揩去眼中的淚水，發誓將來決不像母親這樣生活，決不做母親這樣生一大堆孩子的粗俗平庸的女人！」〔註 26〕母親保護了其他子女卻讓她下鄉使她徹底斬斷了與母親的聯繫，考上大學後寫了一封決絕的信，甚至連名字都改掉了。最後，感應到母親的死，她也發生了改變：「冬兒是在做了母親之後開始體諒自己母親的，她一直等待自己戰勝自尊心，然後帶著兒子回去看望媽媽。」〔註 27〕從對母性的抗拒到認同，這似乎也是作者的妥協，是對母性是女人的最本質特點這一觀念的認同。

陸星兒另一篇小說《小鳳子》則進一步揭示了母性的定義與文化以及與女人自身的階級、經濟地位之間的關係。鄉村女孩小鳳子與一個司機交往懷孕，後者一去不返。出於無奈，她將腹中的孩子賣給了城裏的一對夫婦。女主人爲了讓孩子接受良好的胎教，讓小鳳子生產前到城裏住半年，生下孩子再離開。

小說以小鳳子的眼光來看城市，有對她母愛的細膩描寫，也有對城市男女關係的微妙體察。小鳳子嚮往城市，城市裏的一切於她都是新鮮的。一面作爲母親她捨不得她的小東西，另一面，想到小東西將會有更好的生活，她又感到欣慰。欣慰之餘，又擔心小東西將來是要充門面的，他們未必會給她眞實的愛。

在農村，男人是頂梁柱，他們借助體力養活一家人；而城市中則複雜得多，體力變得不那麼重要，女人可能會因其靈活、柔韌而更適應都市生活。在大哥大姐的婚姻中，占主導的是叫做權勢的東西。大哥長得帥氣，原是下

〔註 26〕池莉：《你是一條河》，《池莉文集 3・細腰》，江蘇文藝出版社，1995 年，第 30～115 頁。

〔註 27〕同上。

鄉知青，靠著大姐家的關係進了外貿局，後來又升了副局長。大姐 39 了，相貌平平，沒有生育能力。她依靠家裏的權勢控制著大哥，也深知家裏的權勢並不是永久的，大哥卻在一天天壯大起來。她忍不住要提醒他他的今天是怎麼來的，她越提醒他走得越遠，她又不能不提醒。大哥自然明白自己一切是怎樣來的，他依賴於這層關係，又不願意總是被提醒，而逃離所帶來的，則可能是權勢的失去，社會的眼光以及良心的重負……都市情感的複雜在小鳳子單純的眼睛裏一一呈現，她雖然沒有文化，但絕不缺乏理解力。因而，她與大哥的接近來自一種處境上的相似：他們都處於大姐也就是某種權勢的壓迫之下，這是人與人之間的一種基本的同情，與性別無關。

生理性別常常使女人處於弱勢地位，她們有比男人更多的「麻煩」，這在某種程度上阻礙了她們的成就。然而，如弗洛伊德所說的女性有「陰莖妒忌」，男人也可能有「子宮妒忌」，原因在於，女人與孩子的密切聯繫是男人很難建立的。正如後面章節中將細緻分析的嚴歌苓的《小姨多鶴》中講述的，多鶴的依恃在於，作爲孤兒，在這個孤零零的世界上她沒有任何親人，但是，她可以靠自己的子宮將親人一個個地生出來，誰也不能眞正離間她與孩子們之間的感情。同樣的，作爲母親的優勢還在於，她的辛苦煎熬總有一天會得到回報——在中國古代，「孝」通常指向的都是母親。

不僅如此，懷孕和生產也可能成爲女性的武器。海男《身體蒙難記》中，樊曉萍正是借著懷孕要挾了蘇修的小哥哥。她說，「……就是這樣，在那個晚上，我懷上了你哥哥的孩子……這眞是武器，懷上了一個男人的孩子，你就已經獲得了武器……」〔註 28〕利用這個武器，她嫁給了蘇修的小哥哥，縣城裏最帥的男人，並成了城裏人。同時，當人將身體作爲唯一武器的時候，這個武器便具有了巨大的殺傷力。樊曉萍一次次地以死相威脅，使得蘇修的哥哥放棄了離婚的念頭。但是，在這優勢的利用中，她也付出了代價：以身體爲武器，她得到的只有身體，精神依然缺乏安全感，直到自我的眞正成長壯大。

男人沒有生育流產的痛苦，但他們也有其生理上的弱勢。男權運動中的「自由男性」團體就認爲，「對男性的歧視要比對女性的歧視嚴重得多，也更値得人們關注和糾正。……『自由男性』聲稱，男性受到的壓迫包括服兵役、男性的壽命更短、健康問題更多，以及有利於女性的兒童監護法律（Whitaker，

〔註 28〕海男：《親愛的身體蒙難記》，百花洲文藝出版社，2010 年，第 54 頁。

2001）。」〔註 29〕即便男性沒有生育的痛苦，生育的責任同樣可能對他們造成壓迫。在中國的傳統文化中，男人一定要完成傳宗接代的任務，否則就是對家庭的不孝，對國家的不忠。這使他們顯得很「重要」，而另一面卻可能是他們一生的夢魘。刊於《十月·長篇小說》2007 年 1 月的季棟梁的《奔命》講述的便是一個一生爲傳宗接代的任務所奴役的男人的故事。

程寶根出生的時候，父親對於生兒子這件事情已經想盡了辦法。先後娶了五房太太，生的多是女兒，兩個兒子都夭折了，此時父親程遊昌卻已五十多歲了。最後找來了算命的，原因卻在於他祖上曾經在一次家族的鬥爭中被殺死，生殖器被拿去喂了狗，因此斷子的威脅始終追隨著他，幾代都是單傳。在算命先生的建議下，他們遷了祖墳，才終於有了程寶根。程寶根於是成了全家人的寶貝，父母姐姐都對他呵護有加，他也驕橫野蠻。直到七姐因爲他的原因被父親打死，從此他變成了一個怯懦的人。

程寶根十多歲愛上了母親的丫頭紅杏，卻出於怯懦不敢告訴父母。紅杏嫁人，他卻忍不住一次次地和她偷情，終於被紅杏做屠夫的丈夫王二發現。王二一心要程寶根的命，父親用了多少錢都沒辦法解決。懷了他孩子的紅杏自殺，屠夫更欲殺之而後快，無奈程寶根只好出逃。後被土匪所擄，又被招安入國民黨軍隊，歷經磨難而死。本以爲自己命大，詛咒到了這一代終於可以解除，他卻突然發現自己失去了性能力。

程寶根回到家鄉，物是人非。王二的哥哥王大當了隊長，他被批鬥，被報復，活得極其卑微。然而，傳宗接代的重任依然存在，甚至讓妹妹付出了生命的代價。姐妹逼他娶了帶著兩個孩子的寡婦顧玉珍，後者知道他失去性能力後，對他百般侮辱。程寶根和顧玉珍的兒子小虎有了很深的感情，女兒小鳳卻始終戒備。程寶根偶遇自己曾經定親的女人董春，卻奇迹般地恢復了男人的功能。他想離婚娶董春，卻被顧玉珍拖著不放，更被王大百般阻撓。顧玉珍跑去侮辱董春，導致懷著身孕的董春上弔。憤怒而無牽掛的程寶根成了一個眞正的邵子，毆打顧玉珍，也不再懼怕王大。終於在一次顧玉珍與王大的偷情後，他殺死了王大和他的兒子，將他們的生殖器割了下來，一條喂了狗，另一條雖留下來卻讓他們無法分辨。

程寶根的一生「奔命」都是爲了傳宗接代。生殖崇拜文化帶著蠻野原始

〔註 29〕〔美〕朱麗亞·T·伍德，徐俊、尚文鵬譯：《性別化的人生——傳播、性別與文化》，暨南大學出版社，2005 年，第 66 頁。

的性質，令人驚悚恐怖。父母的期望，姐妹們的犧牲都是壓在他身上難以擺脫的重負。當文化給以男性更多期許的時候，性別的優勢此時便成爲了劣勢——他失去了選擇了權利，他不可能像女性那樣過平實寧靜的生活，他得一直奔，一直奔，無法停止。這不是一件值得慶幸的事情。

生理性別的差異是男女兩性差異的根本所在。對於女性來說，除了性欲之外，還有初潮、月經、懷孕、流產、生育等獨特的體驗，這些隱秘而痛苦的體驗影響著她們的處境，應是女性作家思考的重心所在。女性的這些身體特徵是她們的弱勢所在，然而，弱勢有時也是優勢，正如優勢常常也是弱勢，這對於男性也同樣適用。優越的地位和處境有時給以的不一定是幸福，反而可能是更多的限制。關鍵在於，人是可以選擇和承擔的主體。生理性別與社會性別緊密聯繫在一起，共同構成了女性處境的複雜性。

第二章　情愛與兩性關係的考察

「性別是一種關係概念，只有在對比中才有意義，因爲女性特徵和男性特徵只有彼此對比才有意義。」〔註1〕對於女性來說，只有在其對立的性別——男性的關係中才能瞭解自身的處境和狀況，而男女之間似乎再沒有比愛情和婚姻關係能更深入地楔入彼此生命的了。

愛情歷來被看作是人生最美好的情感之一，更是文學作品中永恒的母題。一些作家已經注意到男女兩性在愛情中的不平等：在女性那裡，愛情常常佔據生命中最重要的位置，而在男人那裡則似乎不那麼重要。事實眞的如此麼？這究竟是出自本能還是文化界定的結果？愛情之於研究女性問題的重要性在於，在經典的文學作品中，有時它是女性實現自我價値的唯一途徑，如卓文君、崔鶯鶯等的故事；有時謀愛即等於謀生，如張愛玲寫於20世紀30年代的《傾城之戀》等小說。社會給以女性的責任沒有男人那麼多，她便可以理直氣壯地爲愛而生，並且通過愛情獲得更好的生存，這是她的性別優勢，但背後也有陷阱，因爲愛情也會成爲捆綁女性的枷鎖。

相對於愛情而言，婚姻問題更爲現實，更爲複雜。它不僅涉及男女雙方，更涉及雙方家庭及各自的利益「陣營」。它不僅關涉兩性關係，更是一個經濟學命題。「婚姻是愛情的墳墓」則昭示的是另一種人性眞實。

在中國當代女作家的作品中，又是如何描述和表達女性在愛情婚姻中的處境的呢？本章以張潔的小說爲論述中心，是因爲她在持續的對愛情婚姻的講述中，性別立場非常鮮明。從最初的《愛，是不能忘記的》到三卷本《無

〔註1〕〔美〕朱麗亞·T·伍德，徐俊、尚文鵬譯：《性別化的人生——傳播、性別與文化》，暨南大學出版社，2005年，第11頁。

字》，作者對愛情婚姻的看法發生了巨大變化，對男性的態度更是 180 度大轉彎。在《無字》中，男女之間處於針鋒相對的位置而毫無和解的可能，作家的憤怒和怨懟之情流溢於字裏行間。但這並不意味著她就是女性主義作家，相反，也許恰恰從另一角度顯示了女性的不獨立和根深蒂固的男權思想。

《無字》的另一層面則是作者通過葉家三代女性的命運對女性歷史的重新建構，並試圖藉以消解以胡秉宸爲代表的男性的「革命」、「解放」敘事。在女性的歷史中，男性總是占著極大的位置，而女人妄想通過情愛介入男人的歷史，卻似乎注定了失敗。池莉等女作家的小說也涉及了這方面的問題。

第一節　愛情：美好背後的權力關係

從《愛，是不能忘記的》（以下簡稱《愛》）到《無字》，張潔始終在思考男女之間的情愛關係，而前後差異之大可令人瞠目。《愛》中，愛是靈魂的相知相契。在男女主人公看來，儘管總有喧囂的人群和塵世的種種將他們隔開，他們的心靈卻無時無刻不在一起。愛而不能雖是一件悲哀的事情，卻讓他們的心靈彼此更加體諒和瞭解，並因此感到滿足。愛情是純粹、高潔的，與世俗無關，與肉體無關，甚至死亡，也不能將他們分開，而是最終將他們結合在一起的力量。

> 那是任什麼都不能將他們分離的。哪怕千百年走過去，只要有一朵白雲追逐著另一朵白雲；一棵青草依傍著另一棵青草；一層浪花打著另一層浪花；一陣輕風緊跟著另一陣輕風……相信我，那一定是他們。〔註 2〕

這就是張潔當年對於愛情的信仰。而「愛，是不能忘記的」，也成爲了當時一道響亮的宣言。

時隔二十年後，《無字》的寫作卻徹底推翻了《愛，是不能忘記的》當中對愛情與男性的想像：《愛》中，愛情是那樣純粹、無私，閃耀著神性的光芒；《無字》中，愛情則成了互相剝削的工具，尤其是男人剝削女人的工具。《愛》中，男人是美好的，他有「成熟而堅定的政治頭腦」、「工作上的魄力」、「文學藝術上的修養」，到《無字》卻被一一拆解：胡秉宸的政治頭腦與革命經歷，

〔註 2〕張潔：《愛，是不能忘記的》，《張潔文集（第二卷）．愛是不能忘記的還有勇氣嗎》，作家出版社，1997 年，第 369～385 頁。

只是污濁男性世界的勾心鬥角，而他的藝術素養也不再為吳為所尊重，他耗費多年心血收集材料寫成的傳記的軟盤被吳為掰得粉碎扔進了垃圾箱。在《愛》中，性的問題被擱置起來了，也可說是被看得更為神聖的，男女主角連手都不曾拉過，所有的只是遙遙相望；而《無字》中，卻一再提到性，無論是顧秋水那「兩胯之間，那個隨著他跳來跳去、拳打腳踢，滴溜噹啷、蕩來蕩去，說紅不紅，說紫不紫的東西」〔註3〕，還是胡秉宸的戴著兩個安全套做愛，以及在性上的力不從心，都令人感到驚詫與不堪。《愛》時代的「男子漢」徹底為《無字》時代的無能男人所代替。在張潔的講述中，吳為的付出無疑要比胡秉宸多得多：她愛他愛得更為徹底投入，更加義無反顧。為了他，她常常忽略母親和女兒；為了他，她在社會上孤身作戰，身敗名裂。到最後，卻發現這愛情這人都全不是想像的那樣。

愛情歷來被描述為人類最美好的情感，它混雜著衝動、激情、審美，它包含了人對於世界的觀念、想像和期待。然而，我們卻很難意識到，在愛情當中，男人和女人有著極大的差異。愛情，也是一種被文化所定義的東西。「愛情和欲望並不是一種均質的存在，它本身就是一個被權力不斷塑造和規範的動態領域。〔註4〕男人和女人的處境不同，對於愛情的態度便永遠難以達成一致，這從中西經典愛情小說中可以看到。

托爾斯泰《安娜・卡列尼娜》中，安娜的悲劇其實是大多數女性共有的。對於安娜來說，愛情是她生活的全部，得不到是痛苦，得到了同樣面臨著困境。男人的世界遠為闊大，伏倫斯基可以去賽馬，可以有他正常的生活，而安娜一旦被定義為不名譽的女人，被排擠出社交界，便被割斷了與外界的聯繫。讀書、寫作在安娜都只是副業，只有愛情才是她的正經事業，她得努力去修補，去完善，去改造，而大多工作被證明是徒勞的。愛情在女人的生活中常常佔據著大部分的位置，而在男人，卻是極小的一部分。這是作者通過故事講述透露出來的信息。

魯迅《傷逝》思考了女性解放的悖論，子君們做了叛逆的女兒，又墮入了賢妻良母的窠臼。對於她們來說，解放似乎僅僅止於愛情。無論對《傷逝》有多少種解讀方法，在我看來，子君和涓生之於愛情的認識差異正是自古以

〔註3〕張潔：《無字（第二部）》，北京十月文藝出版社，2001年，第727頁。

〔註4〕徐豔蕊：《從〈聊齋誌異〉的性別話語質疑傳統文學經典的合法性》，《河北學刊》2005年4月，第163～167頁。

來男女對愛情認識差異的延續——對子君來說，愛情就是全部，對於涓生來說，如何拓展生存空間才更爲重要。這也是文化賦予男女不同的角色和責任所致。

那麼，對於女性來說，愛情究竟意味著什麼？它是不是女性實現自身價值的唯一途徑？陸星兒的小說《人在水中》是一個令人觸目驚心的愛情故事，作者思考了男女兩性在愛情中的分歧，解讀了女性在愛情中不能自拔的命運。

小說分別從「他」和「她」兩條線展開。她在做知青時便愛上了他，而他那時已經有了女朋友。他結婚了，她仍爲他守候，至今未嫁。爲了能與他經常在一起，她學會了開車，成了他的司機。她含辛茹苦地經營著這份愛，唯一的期望就是取代他妻子的位置。他陞官在即，她卻越逼越緊，萬般無奈之下，他和司機合謀殺死了她，將她分屍後沈在了河底。

小說中，陸星兒使用了超現實的手法，讓故事從她死後開始。沉溺於愛情中的她從未看清自己的處境，死後靈魂從破碎的身體中漂浮上來，讓她重新去思考他和她的關係。她把愛情當作事業來經營，並孤注一擲：她是個聰明的女人，知道自己的優勢和劣勢，「法律、社會、輿論、道德，都不給她保障或認可，她惟一能施展的就是如火如荼的愛，她知道，她的處境，要求她必須把做愛這件事情完成得好上加好，就像完場一項偉大的事業——讓他離不開他，也爲自己能確確實實地得到他——她真的像對待事業一樣，全心全意地投入。」〔註 5〕除了他以外，她別無所有。因此，她最怕的就是失去他。她從來沒有愛過別人，而將整個的自己綁縛在了他的身上。「如果失去他，她的一生就是『竹籃子』打水啊！一想到這個可怕的、一無所獲的下場，她就會一而再、再而三的鼓勵自己堅持到底，只要還有萬分之一的可能，她就得咬緊牙關，爲自己據理力爭。」〔註 6〕而在她寂寞地漂浮在水中的時候，他一如既往地處理著現實事務，一如既往地優秀。他不是對她沒有感情：在她那裡，他得到了在妻子那裡得不到的東西——體貼、溫順、無邊的熱情和新鮮的性。然而，她卻糾纏著不放，甚至說要去找組織部談。一旦威脅到他的前途，他是毫不手軟的。他愛她是因爲她的堅決與執著，幹掉她也是因爲她的堅決與執著。也許他也會有一點愧疚，但在他看來，他不是沒有爲她想過，

〔註 5〕陸星兒：《人在水中》，《人在水中》，雲南人民出版社，2003 年，第 153～240 頁。

〔註 6〕同上。

他願意給她補償，一套房子，是她一輩子都掙不到的。但是，是她不願意接受，是她不能想像有了房子卻沒有了他。所以，從他來說，他的行爲是有充足的理由的：如果她不死，他的政治生命將會終結，而政治生命一旦終結，人生也便失去了意義。這是兩人根本的分歧所在。

小說中的「她」和「他」沒有名字，自有其深意在：作者試圖通過個體的故事來反映男女兩性在愛情中的普遍選擇。在被謀殺、分屍之後，在河水的洗滌中，她的自我才慢慢蘇醒過來。陸星兒分析道：「『自己』是必須有頭腦、有身體、有四肢，它們缺一不可。但是，她在河裏的這些日子，頭腦、身體、四肢卻是分開的、殘缺的。而頓作的風浪，彷彿在幫助她『完整』一個自己，並使她有意識的體會到『完整』的過程。」〔註 7〕——爲了愛，她犧牲了自我的完整性，所以從本質上說，在死亡之前她早已被分屍了，死亡卻反而促成了她女性自我意識的覺醒，使她重新成爲一個完整獨立的人。

小說也顯示了作者自身精神上的矛盾。死後的她終於覺醒，爲自己復了仇。從藝術的角度，這完全符合情感的邏輯，然而從現實的角度卻是不可能的。因而，她的覺悟並不可靠：直到死，她都不知道是怎樣死的，依然懷著對他的飽滿的愛情。並且，她的報仇也並不意味著就取消了對他的愛，相反倒可能是愛到極致的另一種表現——他被判了死刑，不久他們就可以重逢，於是她發出了「終於等到了他」的喟歎，這是女人何等慘烈的悲劇呢。

蔣韻的《北方麗人》和鐵凝的《無雨之城》與陸星兒的這個故事在主題情節上都有著類似之處。《無雨之城》中女記者陶又佳和副市長普運哲相愛，對陶，這是一次飛蛾撲火般的愛，對普則僅僅是一時的沉迷。《北方麗人》中，趙莊對印彩虹的愛不僅是男女性愛，更代表著他對城市的佔有和征服。

愛情是一種極其複雜的情感。首先，它畢竟是一個理想化的東西，而任何理想化的東西，都可能被現實磨損殆盡。當一個人把所有的一切都捆綁在理想上而罔顧現實，那麼他必然面臨不幸。愛情給予女人選擇的機會，同時又讓她們的選擇變得狹隘：因爲她們的幸福依舊依賴於那個男人的態度以及他是否忠貞，而任何將命運放在別人身上的行爲都是不可靠的，因爲人最終值得信靠的只有自己。所以，正如劉慧英所說的：「愛情確實是一種激發人奮進的力量，而對男權社會中的女人來說激發的則是犧牲自我多於確立和肯定

〔註 7〕陸星兒：《人在水中》，《人在水中》，雲南人民出版社，2003 年，第 153～240 頁。

自我，女人在愛情中發現的是作爲妻子、情人的自我，而非眞正自立的自我。與土地對封建宗法制度下農民的生存意義一樣，將愛情作爲人生的主要乃至唯一目標是幾千年尚未解放的婦女被羈絆、被束縛的一個象徵。」〔註 8〕愛情激活了女性，卻又將女性引入了一個新的陷阱當中。

陸星兒在她的散文中對愛情也有清晰的分析：「而相比之下，對愛的希望、寄託，女人比男人顯然更強烈、更投入，因爲，她們生來就習慣依附，自然把愛當做內心世界的支柱。」〔註 9〕對於張潔來說，從《愛》到《無字》，是愛情從想像墜落到凡塵，從浪漫的精神追求墮入柴米油鹽的婚姻生活的過程，這個過程，自然會充滿失望、痛苦。她的小說，從對「男子漢」的崇拜到對男性的貶斥，從對性的規避到對性的渲染，表面看來有著很大的區別，其本質卻並無太大不同。《愛》中，鍾雨對老幹部的愛出自全心全意的崇拜，「她說過，要是她不崇拜那個人，那愛情準連一天也維持不下去」。〔註 10〕女人對男人的愛中，必得有崇拜的因素在，這應該是老調了。《沉重的翅膀中》，郁文麗與陳詠明的愛似乎代表了這一時期張潔對理想愛情的想像。兩人是老夫少妻的婚姻，陳詠明三十七歲，郁文麗二十三歲，她全心全意崇拜他，「不論丈夫做出什麼決定，郁文麗都認爲是正確的。她也許不甚瞭解那件事情的道理，但她相信自己的丈夫。」〔註 11〕總想置身於男人羽翼保護下的女人要找的不是一個平等的愛人，而是尋找自己父母的替代品，這是一種不成熟的想法。張潔在對這份感情的美化中，完全認同了傳統男女關係，即女人對男人的依附關係。也就是說，在寫作《愛》、《沉重的翅膀》等小說時，她並不具備女性意識。而到《無字》的一百八十度大轉彎，當女人對男人再也不是全心全意的崇拜，而是充滿嘲弄和怨懟的時候，遵循的仍是同一條思路，即把女人的幸福全盤放到男人身上——她並不爲自己的選擇負責任。當男人不能實現她對幸福的期望，於是愛便轉化爲憤怒和抱怨，並由此延伸到對整個男性世界的絕望。《無字》中的男人全都猥瑣、自私，與此不無關係。

〔註 8〕劉慧英：《走出男權傳統的藩籬——文學中男權意識的批判》，生活・讀書・新知 三聯書店，1996 年，第 60 頁。

〔註 9〕陸星兒：《愛的問題》，《女人不天生》，上海書店出版社，1996 年，第 3～4 頁。

〔註 10〕張潔：《沉重的翅膀》，《張潔文集（第二卷）・愛是不能忘記的還有勇氣》，作家出版社，1997 年，第 1～352 頁。

〔註 11〕同上。

女人將人生的大部分投入與男人的情感糾葛當中，而男人的世界卻廣闊得多——這是文化給以女人的定位，也是女人自身不覺悟的表現。在現代對愛情的定義中，它必然要求相愛雙方人格的獨立和平等，然而，不可否認的是，它是社會中人與人之間的關係，不可能純粹到不沾人間煙火。它和兩性之間的所有關係一樣，包含了權力的不平等。當然，這並非不可改變。

從另一個角度來說，愛情也常常成為女人改變命運的機會，是性別優勢的一種體現。相對於赤裸裸的交換，愛情是多麼神聖的理由，《灰姑娘》故事成為諸多女人的夢想也就在意料之中了。在張愛玲筆下，女人在現代都市中的謀愛與謀生常是一個意思。《傾城之戀》中，白流蘇費盡心機為的是范柳原能夠娶她，而前提是她要給他別的女人沒有過的感覺，有那麼一點點愛作為基礎。一個庸俗的故事，有了愛情的掩蓋，似乎就能散發出點神聖的光芒。當代女作家中，對女性謀愛背後謀生的心計與艱辛的描寫少有超越彼時的張愛玲的。

正如前面的分析，從《愛》到《無字》，張潔對愛情認識的變化，並不意味著她已經蛻變為一個女性主義者，事實恰恰相反，其內在的本質並未改變，始終認同的是女性對男性的依賴。而之所以從表面看來發生如此巨大的變化，一個很重要的原因在於，從《愛》到《無字》，浪漫的愛情已經為瑣碎現實婚姻所取代。「如果白帆放手胡秉宸，讓胡秉宸與吳為有更多的接觸，而不是在任何細節看不清楚的、黑咕隆咚的胡同里流竄，那麼，不用白帆動一個手指，像吳為這樣注重細節的人，僅是胡秉宸吸食湯水的動靜、他的腳癬、他的花襪套、他的蘭花指、他的斤斤計較……這些雞毛蒜皮，就能讓她卻步。」〔註 12〕這無疑道出了婚姻的真相。距離一旦失去，美感也隨之消失，剩下的只有日復一日的厭倦和計較。

關於婚姻中的兩性，波伏娃在《第二性》中寫道：

> 不論是丈夫能夠讓妻子成為他的應聲蟲，還是雙方都固守於他們個人的天地，數月或數年以後他們都會變得彼此無話可說。夫妻是這樣一個共同體，它的成員失去了獨立性卻不能夠擺脱孤獨；他們是一種靜態的結合，是「同一個人」而不是在維持一種動態的、充滿活力的關係。這就是他們不論是在思想領域還是在性愛方面都不能相互給予和交流的原因。無數個傍晚居然要在含糊其辭的寥寥

〔註 12〕張潔：《無字（第三部）》，北京十月文藝出版社，2001 年，第 189 頁。

數語中，在木呆呆的沉默寡言中，在對著報紙打哈欠中，在等待上床睡覺中度過。〔註13〕

無法認清婚姻的本質，便注定了要失望要抱怨。不僅如此，婚姻更是一種利益的組合。加里・斯坦利・貝克爾在他的《家庭論》中，將婚姻家庭納入經濟學當中加以考量，並用許多複雜的公式加以演繹。他認爲，人們結婚是想從婚姻當中得到最大化的收入。如果婚姻收入超過單身的收入，那麼，人們會選擇結婚；否則，就寧願獨身。「收入和已婚婦女勞動參與率的提高，使結婚的收益減少，從而增大了離婚的吸引力，因爲家庭裏性別分工的優勢變小了。」〔註14〕在貝克爾看來，從理論上說，結婚會使男女雙方的生活變得更好，更有效率。這也就能夠解釋爲何吳爲小說中一再談及與胡秉宸婚後經濟的拮据，並成爲她對男人的怨恨的由來，這與所謂女性主義沒有必然聯繫。

第二節　男女歷史：不同的路徑

對女性命運的反思與關注是小說《無字》的中心，因而，無疑這是一部具有鮮明性別立場的作品。外祖母墨荷只能局限於家庭之內，一面爲家務操勞，一面履行女人的生育職能。她的遭遇似乎印證了波伏娃的話：「從生物學上講，女人主要具有下面兩個主要特徵：她對世界的把握不如男人廣泛，她受物種的奴役更深。」〔註15〕一方面，女人通過生育而連綴起人類物種繁衍的鏈條，它顯示了女性性別獨特的人種功能，它是男性無法替代的，從某種意義上來說，也是女性之性別優勢之一：男性的傳宗接代必須經由她完成。而另一方面，它又是上帝給予女人的懲罰。無休無止的生育帶來的是身體的損害和精神的痛苦，墨荷最終因難產而死似乎是那個時代女人的某種宿命。葉蓮子的不幸則是因爲嫁給了不負責任的顧秋水。在一個男權社會，女性處於依附地位，社會上也沒有給她們提供更多的選擇，那麼，嫁給一個什麼樣的男人便直接決定了她們的人生。葉蓮子被顧秋水拋棄，她帶著吳爲跋山涉水找到他，得到的卻是拳打腳踢。在戰時香港的閣樓上，葉蓮子既要面對戰

〔註13〕〔法〕西蒙娜・德・波伏娃，陶鐵柱譯：《第二性》，中國書籍出版社，1998年，第527頁。

〔註14〕〔美〕加里・斯坦利・貝克爾，王獻生、王宇譯：《家庭論》，商務印書館，2007年，第67頁。

〔註15〕〔法〕西蒙娜・德・波伏娃，陶鐵柱譯：《第二性》，中國書籍出版社，1998年，第57頁。

爭的恐懼、飢餓，更有顧秋水與女傭阿秋當著她的面做愛的侮辱。葉蓮子離開顧秋水，獨立支撐自己養育女兒，卻至死仍未忘懷顧秋水。到吳爲那一代，與男人的關係更爲複雜，主要體現在兩個方面，一是與父親的關係，一是與胡秉宸的關係。在父親那裡，吳爲感受到的更多是男人的不負責任，以及暴力的一面。而胡秉宸給予吳爲的更多是男性的自私、猥瑣與欺騙。糾結的關鍵在於，在戀愛中，他給予了她關於未來生活的承諾，於是她與全世界爲敵，孤注一擲只爲了和他在一起。在一起之後才發現，他的承諾無法兌現，他總是在前妻白帆與吳爲之間遊移，愛情中的美好光環也被一一剝落，留下的只是婚姻生活中一個平凡的男人，有腳氣，喝湯發出很大的聲音，軟弱，性能力也不強，還極度自私。於是，吳爲開始反思、悔恨自己的付出究竟是否值得，生活是怎樣一步步變成了今天這個樣子，究竟錯在哪裏。

從張潔的敘述中可以看出，男人及其代表的文化是如何深刻地楔入了女性的歷史，無論是通過情愛、婚姻還是社會的壓力。而另一面，張潔也通過寫作來消解男性歷史的神聖。這裡面隱含著作者對男性所構造的歷史的憤怒，也顯示了男女關注重心的不同。歷史從來都是男人的歷史，由男人的敘述構成，遵循男性中心權威。而《無字》的歷史卻是由女人寫的：那些所謂的出生入死的經歷，英雄行爲，在女人筆下，成爲了污濁的政治鬥爭。顧秋水因爲革命而拋棄葉蓮子母女，吳爲在對胡秉宸的感情爭奪戰背後始終有強大的政治鬥爭的勢力存在。在男人的心目中，感情只是點綴，正如女人只是點綴一樣，女人永遠擠不進他們的世界；而在女人心目中，感情是全部，男人也是全部，這種認知的差異才是眞正造成吳爲受騙感的原因。作爲一個接受了現代文化，有一定自我意識的女人，吳爲想要實現自己，但她又無法改變傳統女性的觀點，即通過佔有男性來實現自己。她費盡了心機，發現自己其實一直站在胡秉宸世界的外面，這挫敗感才是眞正傷害她的。她最後將胡秉宸辛苦寫就的傳記，也即從男人視角寫的歷史的軟盤掰成碎片這一行爲，頗具象徵意味。

池莉寫於 1992 年的中篇《凝眸》與張潔《無字》中對「革命」等的認識有著異曲同工之妙。經過「五四」啓蒙的現代女性柳眞清與文濤回到家鄉。文濤嫁給有錢人做了少奶奶，柳眞清則因爲得罪了白極會的首領而不得不逃往異鄉，重新回到革命，遇到了昔日的同學嚴壯父和嘯秋。嚴壯父愛她，但是事業遠比她重要；嘯秋得到了她的身體，卻不過是將她作爲與嚴壯父政治鬥爭的工具。男人的革命世界中，她只能是點綴，儘管她想通過自身的革命行爲和與男人們的情感關係而切入那個世界，卻一直都被排斥在外。男人是指向超越的，對於他們來說，在現實與歷史中的位置更爲重要，而對女人而言，最感興趣的還是感情本身。因而，柳眞清的失敗是注定的。他們認爲她的終生未嫁是因爲情場失意，只有她才知道「自己絕不是什麼情場受挫，她認爲嚴壯父不是爲了她，嘯秋也不是爲了她，男人有他們自己醉心的東西，因此，這個世界才永無寧日。將永無寧日。」〔註 16〕解放男人的事業或者說解放全人類的事業，其中是不包括女性的，而所謂的正義革命也許也並不存在。作者據此強調了男女在歷史中的重大差異。

作者似乎也在深刻思索經過婦女解放啓蒙的女性的命運。柳眞清的母親黃瑞儀、柳眞清、文濤代表了三種不同的選擇。文濤做了有錢人的少奶奶，卻因爲丈夫納妾而自殺。若她沒有經過啓蒙，也許倒還能忍受，但有了現代文明的洗禮，有了對現代性愛的認識之後，她又怎能回得去呢？她死了，她的丈夫還理直氣壯地說：「只是她一直沒有生育我才娶妾的。總不能讓我吳家斷後吧？再說這娶妾算得了什麼？還是現在風氣不同了，從前還不休了她。」〔註 17〕女人進步了，要求現代意義上的平等，而男人仍抱著過去的特權不放，從這個意義上說，女人的解放、男女的平等，不可能由女性單獨完成。同時，除了不願放權之外，還有一個原因是，男人也不可能眞正瞭解女人的處境，所以是很難合作的。文濤最終承認了自己做女人的失敗：文濤指定她的遺像爲穿西裝戴禮帽的女扮男裝。「可能她的意思是作爲女人，她失敗了，下輩子她想做個男人。」〔註 18〕

黃瑞儀的故事只簡略帶過，可以通過想像來填充。她曾在日本早稻田大學讀書，曾是孫中山的追隨者，而最後回到家鄉辦女子學校，與當地的遺老妥協，以不激進的《朝陽東升》爲校歌，這背後，也許正是她對女人的作用及處境的一個深刻瞭解，以及對革命的透徹。

柳眞清回到母親身邊，意味著她對母親選擇的認同：「母親，過去您一直希望我接您的班，辦好萃英，我過去不懂事。現在我想好好幹了，您同意嗎？」母親告訴她可以改用《婦女解放歌》做朝會歌，她說：「還是用《朝陽東升》。

〔註 16〕池莉：《凝眸》，《池莉文集 3・細腰》，江蘇文藝出版社，1995 年，第 179～238 頁。

〔註 17〕同上。

〔註 18〕同上。

《朝陽東升》好。」〔註 19〕回家的柳眞清更意識到作爲女人的局限與本分，她們的能力範圍其實是很小的。這究竟是一種進步還是一種倒退呢？似乎並非那麼簡單。

與張潔不同的是，池莉對女人在歷史中的地位的認識可能更爲透徹，因而沒有張潔作品中無法抑制的憤怒，相反，更多是無奈與認同。

王安憶小說《紀實和虛構》也是對歷史的重構，雖然她回溯的是外祖母家從草原到江南的過程，但構建的依然是男人的歷史而非女人的。男人在草原的馳騁、在事業上的建樹，其中，並沒有太多涉及女人。

范小青小說《女同志》一改女性美好清潔的形象，而著力於描寫女性在政治鬥爭中的勾心鬥角。面對權勢的爭奪，她們一點也不比男性手軟。一旦進入某種制度或框架中，性別的差異常會被取消。然而，有意思的是，小說中，萬麗從一個普通的機關科員到競爭副市長，一直的對手都是女性，或者說，她所在乎的只是女性競爭對手。如果說，是幹部中必須有少數的女性名額造成了這種局面，那麼，女作者自身的認識也不是沒有問題。更有意思的是，到小說結尾才知道，原來萬麗仕途的成功最終還是因爲幕後的那個男人康季平——康利用他的關係和智慧一直在暗中幫助萬麗。作者是否又從另一個角度說明了，女人再強，也走不出男人們所掌控的世界，而女人的成功，最終要靠的還是男人？

在女人的歷史中，男人總佔據著重要的位置，而女人呢，總希望通過情愛楔入男性的歷史，那些關於女性的神話，海倫、褒姒等等的故事總在渲染女人的魅力，而所謂傾國傾城，不僅僅是落魄才子們的意淫，更是千百年來女性的自我安慰。張潔在《無字》中意識到了這一點，然而，很不幸的是，她很快沉入了女性的抱怨和絮叨之中，反而遮蓋了一些本質性的問題。在男女兩性的對立中，她將所有的問題都推到男人身上，似乎女人只是無辜被動的受害者。這與她想要追求女性獨立的初衷是背離的。

第三節　個體經驗：自我的限制

蘇珊・S・蘭瑟犀利地指出了女性寫作婚姻小說的困難之處：

〔註 19〕池莉：《凝眸》，《池莉文集 3・細腰》，江蘇文藝出版社，1995 年，第 179～238 頁。

> 一個女性作家想要創作一部用個人聲音敘述的權威婚姻小說，她就可能會面對諸多的麻煩。其一，她必須參照常規的小說創作標準設定小說的佈局，既要包括「平凡瑣事」又要容納難以言說的東西。其二，她必須保留作者與充任敘述者的小說人物之間的界限，以此保持公開化敘事的力度與充任敘述者的小說人物之間的平衡關係。其三，她必須在一個要求女性把自己的社會身份隱藏在男性社會身份之後的婚姻體制範圍裏，保證敘事的可信度。〔註20〕

這正是張潔寫作《無字》所必須面對的問題。何況，她還毫不克制地將個人的體驗和情緒過多地帶入了作品當中。儘管，作者並未表示這是一部自傳小說，但小說中吳爲的故事，與她自己經歷的相似性是顯見的。與中國當代許多女作家一樣，張潔特別依賴和執著於自我經驗。在寫作《沉重的翅膀》之後，她便在一篇散文中有這樣的表達：「說到底，我是一個感情重於理智的人，十五年前寫《沉重的翅膀》，不過是愛屋及烏奮力而爲，並非我對體制改革、經濟騰飛、國家大事、一個理想完善的政治構架有多少研究……」〔註21〕愛情是她寫作的動力，也是造成她局限性的一個重要原因。她不捨得選擇和刪除，因而材料呈現了粗糙和隨意的特徵，語言也多冗贅。更致命的是，這使得她的寫作陷入了狹隘當中。洋洋八十萬字的《無字》，給人的整體感覺是瑣碎而絮叨。

張潔在小說中將男性定義爲迫害者，將女性定義爲受害者，兩者完全對立，這貌似女性主義的視角，但是，細一分析就會發現問題並非如此。在迫害者群體中，除了男性之外，更有墨荷的婆婆、小姑，葉蓮子的繼母，白帆、芙蓉，胡秉宸的戰友和政敵……凡是反對葉家女人的，都不是好人。正如前文所說，是否受害者還與一個人看問題的視角有關，從白帆的角度來看，她才是眞正的受害者：是吳爲奪走了她的丈夫，破壞了她的家庭。在張潔這裡，作品成爲了判斷眞實生活是非，爲自己申冤的一個工具，這顯然不是文學應有的功能。

另一方面，張潔也宣稱自己不是女性主義者，理由是，她並不認爲女性世界是可靠的：

〔註20〕蘇珊·S·蘭瑟，黃必康譯：《虛構的權威——女性作家的敘述聲音》，北京大學出版社，2002年，第165頁。

〔註21〕張潔：《可憐天下女人心·張潔文集（第二卷）》，《張潔文集·愛是不能忘記的還有勇氣嗎》，作家出版社，1997年，第549～555頁。

> 階級之間的鬥爭也好，國家之間的戰爭也好，政客之間的勾心鬥角也好，個人之間的血債也好……總有個盡頭。殺了，剮了，搶到手了，勝利了……也就了結了。
>
> 女人之間呢？
>
> 自一八七九年的娜拉出走到現在，女權主義者致力於男女平等的婦女解放鬥爭已經一百多年，可謂前仆後繼。豈不知有朝一日，真到男女平等、婦女解放的時候，她們才會發現，女人的天敵可能不是男人，而是女人自己，且無了結的一天，直到永恒。〔註22〕

這自然有其道理。在批判了男性之後，並不認為女性就一定是對的，就是完美的，女性也有自身的問題。但是，在張潔這裡，更深層的恐怕還在於，她所指的女人，是立於葉家對立面的女人，小說中對白帆、芙蓉等的刻畫都在強化這種印象。

無獨有偶，虹影的新自傳小說《好兒女花》也存在類似的問題。作者雖然盡量客觀敘述，但總在有意無意中流露出自己的委屈，彷彿全世界都虧欠了自己。與早期的《飢餓的女兒》相比，反而失去了藝術應有的超越性。

藝術創作是一件艱辛的事情，個人經歷只是屬於素材的部分，如何轉化和處理體現的是一個作家的基本功。這本是一個常識問題，卻常常被忽略了。喬伊斯・卡洛爾・歐茨認為：「女權主義『主題』不能使一部矯揉造作、脆弱、陳腐的作品變得有價值；而非女權主義，甚至反女權主義的『主題』也不會使一部嚴肅的作品失去意義，即使是針對婦女的。……內容純粹是材料的。婦女的問題——婦女的洞察力——婦女獨特的經驗，這些都是材料。而嚴肅藝術中最重要的是寫作技巧和新穎獨到的見解。」〔註23〕這尤其值得我們去反思。主題是次要的，而寫作的訓練，使用的技巧和獨到的見解才是成就一篇優秀作品的根本。

小說名為《無字》，本應充滿了對人生的了悟與超越性，但這部小說卻並非如此。太在乎現實的利益關係使之顯得境界不高。小說的開篇寫道：吳為走著走著，突然看見天幕上出現了一個大大的「恕」字。「恕」是什麼？饒恕、

〔註22〕張潔：《無字（第一部）》，北京十月文藝出版社，2001年，第95～96頁。

〔註23〕喬伊斯・卡洛爾・歐茨，胡敏、陳彩霞、林樹明譯：《存在女性的聲音嗎》，〔英〕瑪麗・伊格爾頓：《女權主義文學理論》，湖南文藝出版社，1989年，第363～364頁。

寬恕？這種「恕」是一種更高的人生和藝術境界。當別人打了自己的左臉而能把右臉伸過去的人，不是他不覺得疼，而是因爲他覺得自己比對方更優越，內心更強大。而在現實中，眞正能做到「恕」的時候，是自己已經完全從過去的愛恨中解脫出來了，透徹了。在我看來，張潔的文字中缺乏的就是一個「恕」字。她對誰都不「恕」，對一切小事都不「恕」。包家的兒子包立在小時候曾經欺負吳爲，後來包立的生活並不怎樣好，張潔終於還是忍不住寫了一句：「總而言之，他過去怎樣折磨吳爲，現在生活也就怎樣折磨他。」〔註24〕小孩子對小孩子的欺負，或許也有人性中卑劣的一面，但畢竟並非原則性的問題。而活在這個世上，誰不會被生活所折磨呢？不是這方面的折磨就是那方面的折磨，人都是悲哀的。在過於關注女性處境時，作者卻忘記了一種更廣大的人道精神與人性關懷。這也是造成這部作品狹隘的重要原因。

愛情是人類美好的情感，然而，它本身又是被文化所定義和塑造的，其中反映了男女的不平等。在文化定義中，愛情是女人生命的本質，是她實現人生價值的重要途徑，對於男人來說，卻常常不過是生活的點綴。實際上，愛情是女人依附性的一種體現。在女人的歷史中，男人通過愛情佔據了大部分的地盤；而在男人的歷史中，女人卻很難眞正楔入，她們和愛情一樣，不過是調劑。張潔《無字》揭示了這種不平等的關係，然而，由於將自我情緒過多帶入作品中，而使得小說失去應有的超越性，境界相對狹窄。而小說中的仇恨，「不恕」，使之缺乏人性關懷的高度。對類似小說的分析，可以進一步反思女性寫作中存在的許多問題。

〔註24〕張潔：《無字（第二部）》，北京十月文藝出版社，2001 年，第 203 頁。

第三章　父女、母女關係與姐妹情誼

女性與世界的關係不僅體現於男女之間，更在於女性內部：母親與女兒，女人與女人，同一性別是否就意味著親密無間，互相體諒呢？事情當然不是這樣簡單。因爲，雖然我們常常用「女人」來描述此一性別，但具體來說，女人和女人之間的差別，大於人和動物之間的差別。母親與女兒的矛盾是恒久的：「女兒對於母親來說，既是她的化身，又是另外一個人；母親對女兒既過分疼愛，又懷有敵意。母親把自己的命運強加給女兒：這即是在驕傲地宣佈她具有女性氣質，又是在此爲自己雪恥。」〔註1〕而女人之間，既互相理解互相同情，也互相妒忌互相仇恨。當代女性作家在作品中對女性之間的關係進行了深刻的思索，顯示了她們對女性問題思考的廣度和深度。

本章除了梳理1990年代以來文學中的母女關係與姐妹情誼之外，還將父女關係納入進來，因爲父女關係相對於女人與其他男人的關係而言，有著特殊性。他們既有血緣的天然聯繫，有愛的維繫，父親又爲女兒提供了關於男性的最初和最重要的印象，影響到女兒與整個世界的關係。戀父與弑父，叛逆與親近，常常交織在一起，構成了女性情感和精神世界的豐富性。

第一節　弑父與戀父：父女關係的雙重性

對於「五四」叛逆的一代，「五四」的女兒們與兒子一樣是「弑父」的一代，他們都面臨著以「父之法」爲代表的整個封建制度的壓迫。逃出父親的

〔註1〕〔法〕西蒙娜・德・波伏娃，陶鐵柱譯：《第二性》，中國書籍出版社，1998年，第332頁。

家庭，追求自己的幸福，又與個性解放等問題絞纏在一起，而不單是一個性別問題。這使得女性問題常常被個性解放的宏大背景所遮蔽。到了當代女作家這裡，與父親的關係被單列出來，成爲她們探討女性與世界關係的一個重要開端。有意思的是，無論是 1990 年代以來繼續寫作的女作家還是 1990 年代才開始創作的女作家，就她們的經歷而言，父親多半是缺席的，而她們文本中的女性，也顯示了對父親既仇恨又戀慕，既崇拜又蔑視的複雜心態。

父親是什麼？從血緣關係上，這似乎不需要界定，就是提供了精子的那個男人，他與母親的共同努力形成了女兒的生命。然而，從文化、經濟、心理等意義上來說，父親又是與女兒不同的另一性別，他可能會對她造成壓抑、誤解和缺失。父親有時候又不僅僅是血緣意義上的，對男性權威的渴望、屈從和崇拜，也常常被視爲「戀父情結」的體現。這個問題可以分爲兩個方面，一個是女作家與父親的關係以及女作家筆下人物的父女關係，這是很容易被混淆的兩個問題。但是，對於熱衷於寫個人體驗、自身經歷的作家來說，這兩者的區別常常是模糊的。

前一章論述的 50 年代出生的作家張潔，在《無字》中將所有男性都寫得非常不堪，父親自然也不能幸免，甚至可以說是當代女作家中將父親形象寫得最不堪的一個。「他赤身裸體，從床上一躍而起，一把拉起睡夢中的葉蓮子，劈頭蓋臉就打。他睡帽上的小絨球；他胯間那個剛才還昂揚挺立現在卻因暴露而疲軟，說紅不紅，說紫不紫的雞巴，也隨著他的跳來跳去、拳打腳踢，滴溜噹啷，蕩來蕩去」。〔註 2〕——象徵男性權威的陽具，赤裸而醜陋，這是從語言上對男性形象的徹底解構，是對男根崇拜、「陰莖妒忌」之類理論的直接抨擊。然而，語言的解構並不能帶來現實中對男性權威的逃離，相反卻是另一種形式的屈從。父親從此在吳爲心中深植下關於男性的全部認知：「顧秋水正是如此瀟脫地在吳爲的靈魂深層播種、栽培下對男人的仇恨、敬畏和依賴，而這仇恨、敬畏和依賴，又在她屢屢失敗的人生灌溉下茁壯成長起來。」〔註 3〕暴力帶來的不僅是仇恨，也可能是對暴力的敬畏與依賴，尤其是暴力是來自於家庭，來自於家庭中最具權威的父親。暴力扭曲了她的世界觀，卻找不到改變的方式，以爲可以通過另一個更具權威的男人來清除她過去對於男人的錯誤認識，所以，作者分析吳爲：「在很長一個人生階段，她都沒有放棄

〔註 2〕張潔：《無字（第二部）》，北京十月文藝出版社，2001 年，第 270 頁。
〔註 3〕同上，第 272 頁。

尋找一個男子漢的夢想，妄圖依靠那個男子漢戰勝她對於男人的恐懼，結束她對男人的審判，推翻她對男人的成見，——完全一個舊式女人或正常女人的夢想，而非人們通常理解的戀父情結，卻一次又一次陷入絕境，最後只好落入與男人勢不兩立、孤走天涯的下場。」〔註4〕

不僅如此，對生身父親的仇恨蔑視並不代表就能夠不再依賴男性，「父」的概念可以延伸到年長的男子。張潔的《愛，是不能忘記的》、《沉重的翅膀》、《無字》中的女主角愛上的都是年長自己很多的男人——她們都需要一個父親在情感和精神上引領自己，蔭蔽自己。無獨有偶，陳染《私人生活》、林白《一個人的戰爭》、虹影《飢餓的女兒》等作品中的女主角，其戀愛或者性愛的第一個對象都是年長很多的男人——似乎必須跨過一個父親樣的男人，她們才能獲得成長。

虹影在《好兒女花》中自陳：「我不是需要一個男人，而是在找父親，我想要人來愛我，不管多麼不可能，不管多大危險，甚至得付出一生的代價，要做出一生的犧牲，我都想要一個父親，這也是我以後與男人的關係，全是建立在尋找一個父親的基礎上，包括我的婚姻……」〔註5〕這是解讀虹影創作的一把鑰匙。因爲無法擺脫對父親的固戀，虹影作品中的女性形象始終是一個「女兒」，一個一直在戀愛、在尋求依賴的女兒。這種依賴甚至限制了她的創作。私生子的經歷是她生命中獨特的體驗，於是，在她的故事中，不斷地重複著這個體驗——她將個體生命的成長與小說的情感探尋混在一起，是創作，更是在反思自己。她身世中固有的苦難、漂泊感、孤兒式的無愛無依感，總是投射於她的作品中，成爲識別的標記。《上海魔術師》中的蘭胡兒和加里都是不明身世的孤兒；《上海之死》中的于堇六歲時父母被殺，爲洋人弗雷德·休伯特所收養；《上海王》中筱月桂七歲父母雙亡，余其揚也是一個孤兒。《綠袖子》中玉子和小羅都是孤兒，一個是日中雜交，一個是日俄雜交。對身世秘密的追溯也體現於小說《阿難》與《孔雀的叫喊》中，後者甚至追溯到前世的因果。于堇對養父休伯特的感情，像女兒對父親，也像情人對她所崇拜的人。他們可以親到毫無間隙，毫無芥蒂，但是，卻抵不過最淺層的東西，也即他們的膚色。于堇最後沒有將自己用身體和屈辱換來的眞實情報告知休伯特，僅僅因爲他是白人，而她是黃色人種，是中國人。這個故事也泄露了

〔註4〕張潔：《無字（第二部）》，北京十月文藝出版社，2001年，第274頁。

〔註5〕虹影：《好兒女花》，鳳凰出版傳媒集團 江蘇文藝出版社，2009年，第67頁。

虹影自己的無奈：從她的自傳小說以及這部小說中可以看出，虹影並非不愛養父，養父也並非不愛她，相反他是一個心胸寬廣的仁慈男人。但，情感的隔閡始終未能衝破血緣這貌似最淺層的阻礙——養父永不可能像一個眞正的父親一樣對她，哪怕是狠狠地打罵她。而生父呢，卻除了血緣和每個月的生活費，什麼都不能提供。同樣，在《上海魔術師》中，兩個身世相同的孤兒蘭胡兒和加里，對養父感情也頗爲複雜。他們必須要報恩，這養育之恩在他們是一種自我的道德綁架，是難以擺脫的壓力。而蘭胡兒與加里的關係，始終曖昧未明。他們究竟是不是雙胞胎兄妹？他們之間的默契究竟來自血緣還是因緣？作者一次次想要探究，最後線索斷了，她也就不再繼續追問，在她看來，是否兄妹是否亂倫都已不再重要，重要的是兩個人的相愛，兩個人在一起快樂。提起血緣的可能而又故意模糊，是作者潛意識中，通過蘭胡兒與加里邊界模糊的感情，來彌合自己對一種既包含血緣親情又包含愛情的情感關係的渴望，這也反映了她對自己與兄弟姐妹之間情感的遺憾和希冀。

孤兒的經歷的確是虹影個人經歷中最獨特的部分。但是，這並不意味著她只能寫這一種情感，只能理解這一種情感。眞正優秀的作家，應該不只關注自己，在親情與愛情的絞纏中，她被深深禁錮了。

關於「戀父情結」，陳染也有類似的陳述：「我熱愛父親般的擁有足夠的思想和能力『覆蓋』我的男人，這幾乎是到目前爲止我生命中一個致命的殘缺。我就是想要一個我愛戀的父親！他擁有與我共通的關於人類普遍事物的思考，我只是他主體上不同性別的延伸，在他性別停止的地方，我繼續思考。」〔註 6〕與虹影不同的是，陳染更注重精神上的一種溝通，更注重在父的此一性別上對自己性別的思考。在她那裡，女兒不僅是父親生命的延續，更是對父的男性性別的補充和超越。

父親在陳染筆下有時代表著一種權威和暴力。這暴力來自直接的施暴，「我的父親，一個有著尼采似的羸弱身體與躁動不安的男人，在我母親離開他的那一個濃鬱的九月裏的一天，他的一個無與倫比的耳光打在我十六歲的嫩豆芽一樣的臉上，他把我連根拔起，跌落到兩、三米之外的高臺階下邊去。」〔註 7〕也來自精神的恐懼，「我的整個童年時代，都害怕著父親，長期生活在

〔註 6〕陳染：《陳染對話錄——另一扇開啓的門》，《陳染文集 4・女人沒有岸》江蘇文藝出版社 1996 年，第 244～272 頁。

〔註 7〕陳染：《巫女與她的夢中之門》，《陳染文集 2・沉默的左乳》，江蘇文藝出版社，1996 年，第 283～301 頁。

代表著男人的父親的恐怖和陰影裏，因而使我害怕了代表著父權的一切男人。」〔註8〕父權代表著男性所設立的秩序。而另一方面，父親又是外強中乾的。在《與往事乾杯》中，他並不想離婚，卻礙於面子主動提出離婚，心裏又懇求妻子不要與他離婚。這就是男人，面子比什麼都重要。因此，從另一角度來說，他們的施暴，正是脆弱的一種體現。

父親所造成的傷害，需要在另外的男人那裡得到補償，得到全新的關於男性世界的觀念，這是張潔和陳染相似的思路。《與往事乾杯》中，年長的男鄰居給了「我」一個全新的世界，卻又毀掉了通向老巴的路。《巫女與她的夢中之門》中，在父親那裡所受到的傷害也是希望到老年的男鄰居那裡去彌補。但是，在通過報復性的獻身之後，男鄰居卻死於性縊死。通過想像，弒父於是得以完成。

《私人生活》寫的是女人的成長。「更早一些時候，我的不可一世的身生之父，用他與我母親的生活的割裂、脫離，使我對於他的切膚感受消失殆盡，使我與他的思想脈絡徹底絕斷。他用這個獨特的方式拒絕了時間。」〔註9〕她與父親的交戰沒有辦法進行，只有轉移到同父親一樣年長的 T 老師身上。T 老師有時與父親的形象是重合的，他讓她意識到女人在某些方面的絕望：「我當時還做出了一個肯定：即使我長大了，也不會和他一樣高大健壯；即使我長大了，也永遠打不過他。我是從我的母親身上發現的這一個殘酷的無可改變的事實——他是一個男人！」〔註10〕但是，在性的誘惑與抗拒中，與 T 老師性交之後，她終於發現了一個嶄新的世界，對於她「彷彿是一次新的誕生」。父親樣的 T 老師，是她通向世界的一條路。

張悅然《水仙已乘鯉魚去》提供了另一種父女關係。小說中，身生父親去世了，繼父陸逸寒成為璟精神和物質上雙重的父親。與親生母親的忽略、仇恨不同的是，陸逸寒給予了更多的關心和愛。小說中寫道，璟關於親生父親的回憶很少，唯一的一次是父親為她買了一個面人，而那個面人並不是她最喜歡的，最後還被摔壞了，留下的是甜蜜卻又傷心的記憶。第一次見陸逸寒，就是一個完全的理想中的父親形象：「他看起來是那樣充裕，毫無欠缺。

〔註 8〕陳染：《與往事乾杯》，《陳染文集 1・與往事乾杯》，江蘇文藝出版社，1996 年，第 1～66 頁。

〔註 9〕陳染：《陳染文集 3・私人生活》，江蘇文藝出版社，1996 年，第 2 頁。

〔註10〕同上，第 13 頁。

所以他看上去才是那麼地安全，可以信賴。他彷彿天生是來給予的，並且也有充沛的東西可以給。」〔註 11〕璟患上暴食症，母親非常嫌棄她，陸逸寒寬容她，幫助她，並且特意地在冰箱裏放可以直接食用的東西。甚至她的第一次來月經，也是陸逸寒發現，並教給她這方面知識的。這個本應由母親完成的事情，卻由父親做了，便更具有了某種象徵意味。對陸逸寒的愛，既是女兒之愛，也是女人的情愛。璟潛意識裏想要取代曼，所以才有睡到曼的床上，將臉貼在陸逸寒照片上的舉動。而她對從微的感情，更是潛意識裏在精神上與陸接近的企圖。璟變好的願望也是爲了陸，雖然這改變難以逃脫母親的陰影，後文還會進一步分析。但是，戀父之愛終究不可能成爲現實——陸逸寒的車禍身亡從某種意義上來說正是對所謂「戀父情結」的克服和矯正。

關於「戀父情結」，波伏娃的分析較爲深刻。她認爲，「弗洛伊德的所謂戀父情結，並非像他猜想的那樣，是一種性的欲望，而是對主體的放棄，在順從和崇拜中，心甘情願地變成客體。如果父親對女兒表示喜愛，她會覺得她的生存得到了極雄辯的證明；她會具有其他女孩子難以具有的種種優點；她會實現自我並受到崇拜。她可能一生都在努力尋求那失去的充實與寧靜狀態。如果女兒沒有得到父愛，她可能會以後永遠覺得自己是有罪的，該受罰的；或者，她可能會到別的地方去尋求對自己的評價，對父親採取冷漠甚至敵視的態度。」〔註 12〕張潔、虹影、陳染、張悅然等的作品似乎正說明了這一觀點。在充滿矛盾、悖論的文字中，她們對父女關係的描述是具體而眞實的。

第二節　密友與敵人：母女的糾纏

對母愛與母女關係的反思是當代女作家寫作中一個很重要的主題。女兒誕生自母親，兩人有著天然的血緣關係。作爲同一性別，在生理和社會上的相似處境使得她們往往能夠互相認同。然而，母女之間又充滿了競爭、妒忌甚至仇恨。母親在女兒身上看到作爲此一性別的所有優勢與缺陷，她寄予希望同時又暗含不滿，女兒是她的未來，也時時提醒她的老去。女兒從母親思

〔註 11〕張悅然：《水仙已乘鯉魚去》，明天出版社，2007 年，第 29 頁。
〔註 12〕〔法〕西蒙娜·德·波伏娃，陶鐵柱譯：《第二性》，中國書籍出版社，1998 年，第 332 頁。

考女人的命運，她學習做一個女人，同時母親又常常阻擋了她的道路。

作爲「五四」弒父的一代，五四女作家筆下的人物與母親的關係是複雜的。一方面，她們謳歌母親，描寫母女之間眞摯的感情，如蘇雪林的《棘心》、馮沅君的《慈母》、石評梅的《母親》等，在母親身上，她們找到了一種認同感。男性世界的堅硬強悍常使她們寧願躲在母親的、女性的小天地裏求得庇護。其中，最爲突出的是冰心，她將母女情感的描述上昇到了一個非常純淨、和諧的境界，母愛甚至是將女性與世界更緊密地結合在一起的一條紐帶。而另一方面，母親又往往成爲父權的代言人，她們直接管理著女兒們的日常事務、婚姻，成爲女兒們既有著深刻情感聯繫又無法擺脫的桎梏，使她們在前進中又充滿了負疚感。如馮沅君《隔絕》、《隔絕之後》、《誤點》、《寫於母親之後》等小說便顯示了這樣的精神困境。

當代女作家作品也多寫到母性、母女關係，如鐵凝《玫瑰門》、徐坤《女媧》、徐小斌《羽蛇》、池莉《你是一條河》、方方《風景》等。母性的惡，母女關係的複雜不一而足。其中，張潔的小說散文對母女關係的理解是很特別的。

在張潔的筆下，母女感情是融洽、默契的。與冰心的和諧，母親的蔭蔽不同的是，張潔筆下母女更像是一起建立了一個封閉的世界，這個世界堅固、頑強，將飢饉、苦難、風雨歲月摒擋在外，同時也將母女之外的人摒擋在外。《無字》中，作爲父親的顧秋水是靠不住的，作爲丈夫的胡秉宸給予的只是掠奪與傷害。只有母親，用柔弱的身軀爲吳爲抵擋住外面的一切風雨。母女之間的這份愛，是彼此體諒彼此懂得的。因而，對吳爲來說，任何男人的愛都不可能取代她對於母親的愛：「除了對戀愛時期的短期行爲，她從不能把對哪個男人的情愛放在葉蓮子或是禪月的血緣之上，——雖說這是兩種不同的愛，並不矛盾，任何人都可以兼容並蓄，但在吳爲卻是個例外。」〔註 13〕親情與愛情是兩個範疇的東西，然而在吳爲，兩者根本無法兼容，作者認爲這是造成吳爲與胡秉宸之間悲劇的一個重要原因。

散文《世界上最疼我的人去了》表達了作者對於母親深切的愛與思念，無法彌補的歉疚與自責，而其中，更有對男性的指責：「我深感自己生活經驗的不足，更感到身邊沒有一個不說是全力以赴，哪怕是略盡人意的幫手。」〔註

〔註 13〕張潔：《無字（第一部）》，北京十月文藝出版社，2001 年，第 104 頁。
〔註 14〕張潔：《世界上最疼我的那個人去了》，人民文學出版社，2006 年，第 28 頁。

14〕甚至延伸到生活最細微處：「我見媽不動筷子，先生卻是胃口很好的樣子，特別是對那盤炒豆腐……」〔註 15〕當愛變得毫無間隙，完全排他，也就走入了一個死胡同。

當代女作家中，對母女關係描寫最爲全面的是陳染，正如前文所述，也許是因個人經歷的原因，陳染小說中的父親要麼缺席，要麼軟弱不堪，形象也較爲蒼白，而對母女兩人世界的處理則豐富得多。她們可能是一種很親密的「姐媽關係」，如《世紀病》中所描述的。母親是女兒的生命之源，女兒是母親的希望與延續。她們有同樣的性別與同樣的秘密，因而是息息相關，呼吸與共的。「她的胸膛是大山，使我免於災難；她的胸膛又是大海，是我全部憂愁的發源地。她是我強大的母親，她是我弱小的孩子。我們以同一種方式吃飯和排泄，以同一種方式要求男人，我們擁有同樣的秘密」。〔註 16〕（《與往事乾杯》）。但是，母女的關係又遠非那樣簡單。世界上的情感有很多種，愛的對象可以有很多，將愛僅僅局限於一個人，愛都可能成爲雙方的負擔。愛本身就有其黑暗面，妒忌、佔有、猜忌是常態，母女之愛也是如此，並且因其血緣的無法割捨而變得更難以逃避。

在母女兩人的世界中，年幼的女兒有時是母親的支柱，如《人與星空》中，女兒充當著男子漢的角色，《明天早晨再對你說》中，父母離婚，是女兒昕昕在照顧著母親。而母親，則緊緊攫住女兒，如同抓住最後一根稻草。陳染在《凡牆都是門》、《無處告別》、《另一隻耳朵的敲擊聲》、《沉默的左乳》中深刻地探討了母女關係。母親監督、窺視女兒，在睡前非要女兒跟她一起呆上一分鐘，有時半夜跑到女兒的房間看她是否被外星人劫持了。這種愛是深切的、眞摯的，對女兒卻是一種無形的壓力。在母親的窺視中，女兒總感到壓抑與不自由。「每當她和母親鬧翻了互相怨恨的時候，黛二小姐總覺得母親會隔著門窗從窗簾的邊邊沿沿的縫隙處察看她。這時，她便感到一雙女人的由愛轉變成恨的眼睛在她的房間裏掃來掃去。黛二不敢去看房門，她害怕和那雙疑慮的、全心全意愛著她的目光相遇。」〔註 17〕（《無處告別》）這是一場愛與被愛，佔有與被佔有的戰爭。女兒總想要逃離，母親卻總想要牢牢

〔註 15〕張潔：《世界上最疼我的那個人去了》，人民文學出版社，2006 年，第 158 頁。

〔註 16〕陳染：《與往事乾杯》，《陳染文集 1·與往事乾杯》，江蘇文藝出版社，1996 年，第 49 頁。

〔註 17〕陳染：《無處告別》，《陳染文集 1·與往事乾杯》，江蘇文藝出版社 1996 年，第 67～115 頁。

抓住。過於專制、專注的母愛，便成為女兒走向自由與成長的障礙。女兒的世界是廣闊的，她還想著要往更廣闊的地方去，她不可能完全回應相等分量的愛，於是，便會產生沉重的負疚心理。在《另一隻耳朵的敲擊聲》中，母女兩個寡婦生活在同一套房子裏，母親的窺視也是一種常態。這愛令黛二窒息。「她是我親愛的母親，是把我身體裏每一根對外界充滿欲望的熱烈的神經割斷的剪刀，是把我渾身上下每一個毛細孔所想發出的叫喊保護得無一絲裂縫的囚衣。母親，是我永恒的負疚情結。多麼害怕有一天，我的母親用死來讓我負疚而死。」〔註 18〕她甚至恐懼地喊出了「母親，饒我」。在母親那一面，卻是至死方休的。「什麼力量也無法阻擋年邁體衰的我抓住我的黛二，那是支撐我活下去的最後一根稻草，是我與命運的賭博中最輝煌的一張王牌。我對黛二的愛，到死也會繼續。」「黛二她活著是我的，死了也是我的……」〔註 19〕這種佔有欲的確令人恐懼。

正如楊莉馨評價陳染的，「她因把母女關係的表現上昇到了一種對人際關係的近乎哲理層面的思考而具有了某種不可代替性」。〔註 20〕陳染是一個非常關注性別問題的作家，同時她又是一個非常關注作品的哲學層面問題的人，比如人永恒的隔絕、孤獨，對死亡的形上思考，等等。同樣，母女之愛與男女情愛和一切其他形式的愛一樣，很容易失去其應有的分寸與火候，很容易一不小心就成為負擔，成為災難。當愛僅剩唯一的對象，當愛不能找到更好的實現途徑，瘋狂的付出也就意味著瘋狂的佔有。

張悅然的小說《水仙已乘鯉魚去》則顯露了女性寫作的一些新的信息，尤其是對母女關係的認識：她提供了一種與之前全然不同的母女關係。小說中的璟和母親曼之間只有仇恨、嫉妒而無一般意義上母女的脈脈溫情。

在張悅然的這個小說中，母親對女兒從來只有恨，從懷孕開始她便視璟為累贅：「那大約是曼今生今世最為恐慌的一段時日。她的身體開始發生變化。這對她是一件不能容忍的事情，這將意味著她會變胖變醜，她將失去美貌。而天底下，還有什麼能比讓她失去美貌更令她恐懼的呢？」〔註 21〕而在

〔註 18〕陳染：《另一隻耳朵的敲擊聲》，《陳染文集 2·沉默的左乳》，江蘇文藝出版社，1996 年，第 168～213 頁。

〔註 19〕同上。

〔註 20〕楊莉馨：《異域性與本土化：女性主義詩學在中國的流變與影響》，北京大學出版社，2005 年，第 214 頁。

〔註 21〕張悅然：《水仙已乘鯉魚去》，明天出版社，2007 年，第 24 頁。

璟的成長過程中，曼對她也始終缺乏關愛。「她在她成長的整個過程裏，都在忙於如何使自己重新變得美麗並且鞏固她的美麗，她都執著於如何捕捉男人的心並且銜住它不放……白天她去跳健身操，跳舍賓，晚上則去跳舞，一旦有了錢，就去做按摩和美容。」〔註 22〕當發現璟成為她和陸逸寒之間的障礙，威脅到她的生存，她便毫不猶豫地將她趕去寄宿學校。而陸逸寒死後，又冷酷地將璟趕出了那棟房子。對於璟來說，自己的生存和利益遠為重要，所謂的母女親情，全都是靠不住的，不需要去考慮的。

在璟這方面，對母親的情感卻非常複雜。一方面，她不喜歡母親，要叛逆母親；另一方面，母親又成為她成長中難以消除的陰影，是她想要模仿的對象。母親給她造成深刻的自卑，甚至包括情愛上的自卑。目睹母親和陸逸寒的親吻之後，她與男子親吻時，「她的腦海裏都會浮出他們親熱的畫面，像是完美的雕塑一樣，令她在親吻中感到羞赧，覺得自己做起來是那麼笨拙難看。」〔註 23〕她試穿母親的衣服，睡到母親的床上，將臉貼在陸逸寒的照片上，甚至她對陸逸寒的愛，潛意識也是想對母親取而代之。她進入寄宿學校後，一心想要「變得更好」。而這變得更好的「好」似乎沒有別的榜樣，榜樣仍是母親。「她必須會舞蹈，因著這是曼最擅長的，想要徹底打敗她，這是不可缺少的。……當面對著舞蹈室的鏡子，像驕傲的天鵝一樣旋轉起來的時候，璟的腦子裏不斷地出現她的媽媽。璟記得她美好的頸脖，璟記得她纖細的腰肢和修長的腿。璟看著鏡子裏的自己，她感到她在一點一點地接近曼。這是一場如此值得期待的蛻變。」〔註 24〕為了打敗她而學習她，為了超越她而成為她——對於璟來說，母親既是擋在她前進路上的人，又是唯一給予她關於女人的概念和觀感的人，因此，只能是她唯一的榜樣。這是怎樣一種矛盾糾結。母女之間的戰爭是這樣的無聲無息卻轟轟烈烈。

曼不是一個合格的母親。然而，從另一個角度來說，她的行為又是對所謂母愛的徹底顛覆。她是一個非常自我的女人，一個不願遵從於傳統的母性角色的人。這樣的人愛自己遠遠甚過愛孩子。最極端的便是美狄亞的故事，為了報復男人，她殺掉了自己的孩子。而郭沫若《孔雀膽》中的王妃則為了得到愛情而毒死了自己的兒子。這些故事原型中的女人是惡毒的，但從另一

〔註 22〕張悅然：《水仙已乘鯉魚去》，明天出版社，2007 年，第 27 頁。

〔註 23〕同上，第 28 頁。

〔註 24〕同上，第 128 頁。

個角度來說，她們是否又是對自己固有母性角色的一種改寫呢？曼的徹底在於，她愛任何人都不會超過愛她自己，即便陸逸寒是他深愛的人，一旦感到自己生存受到威脅時，她便毫不猶豫地背叛了他。因而，這是一個值得評說的女性形象，尤其作爲母親形象是中國過去女作家的作品中少有的。鐵凝《玫瑰門》中司漪紋的形象與之有類似之處。這個母親和女性家長，調動起所有的生存智慧，狡詐、諂媚、扭曲，甚至不惜壓制自己的子女和孫輩來換取自己更好的生存。她們是「惡」的女人，又何嘗不是更自我的女人呢？小說的結尾，母親與女兒在醫院的相遇非常有意味。

> 到了我這個年紀，你便知道，孩子有多重要。你對於我而言是失敗的，我們之間沒有愛，這是無法彌補的。我也沒有指望你再回頭來好好地對我，沒有愛，只有盡孝道，那便是我虧欠了你。我也不要那樣。所以，我要從頭再來，好好地生養一個孩子。今天的你的確很成功，但我沒有幫你，你也沒有實現我的夢，因此，你的成功於我毫不相干。以後我會好好教導她，她會實現我的夢。那時候，我會很欣慰。〔註 25〕

這時候的母親是清澈的，清澈之後她發現，唯有與孩子的聯繫才是更重要的，於是決心「重新開始」。這是她母性的回歸，似乎再次證明了母性對於女人的意義。但事實又並非如此，它更多地是證明了這個女人生命力的強悍。結尾處有一段母女的互看：

> 女人仰臉看著女孩。她當然看到了女孩眼底的爲難哀傷之色，早已猜出璟爲了什麼而來。她忽然覺得，時間流轉，眼前的女兒就是她。她和二十幾年前的自己站到了一起。她現在又回到了從前的那個時間，她將重新選擇一次。
>
> 女孩也看著她的母親。她覺得母親一臉憧憬，並且依舊那麼驕傲，那麼自信，一切都像很多年前，女孩前方走著的那個孔雀般光豔的少婦一樣。女孩忽然覺得，這大概與沈和所說的時間的厲害是一回事。時間刷的一下過去，這個女人的怨與愁都被壓平了。此刻，她又光滑而平整地上路了。〔註 26〕

璟的墮胎是爲了省卻麻煩，曼二十幾年前雖然生了璟，卻一直將她視爲麻煩，

〔註 25〕張悅然：《水仙已乘鯉魚去》，明天出版社，2007 年，第 290 頁。
〔註 26〕同上，第 291 頁。

沒有建立起與她的愛。如果時間倒轉，從一開始便好好愛璟，也許一切都將不同。而在女兒璟的眼中，曼仍然是有勇氣的女人，她的憧憬、驕傲、自信都顯示了一個女人在不斷的挫折中、在時間的流逝中始終的堅韌。此刻對於曼來說，要一個孩子，仍只是爲了自己，是她一貫的作風的延續，是爲了讓孩子成爲自己的寄託，實現自己的夢。這是對母女關係極其獨特的表達。

第三節　無法抵達的同性之愛

中國當代女作家雖沒有西方式的同性戀女性主義者，但她們對同性之間的關係也有較多的探討。女性之間的肉體與精神關係，親密與疏離，妒忌與體諒在她們的筆下得到了全面的展示。

長篇《誓鳥》是張悅然很有才氣的一部小說，像是一個寓言：關於人與記憶的關係。記憶就像是一個深重的漩渦，不僅將當事者拖下去，連周圍的人也被旋入其中。除了春遲對記憶的執著追尋令人印象深刻，淙淙對春遲的愛也具有感人的力量。海嘯之後，是淙淙救回了春遲，爲她找來了吃的、穿的，爲她買了船屋，想安寧地與她生活在一起。當她知道了春遲與駱駝的故事，甚至爲了淙淙去勾引駱駝，使駱駝失去了他的權力和領土。她是那樣恨駱駝，懷著複雜的感情。第一次與駱駝親熱，她便咬破了駱駝的嘴唇：「此刻她佔有了春遲的男人。這個男人令春遲瘋狂，令春遲離開了她，她喜歡看男人沉溺的嘴臉，忽然又覺得他無比醜惡。於是，狠狠咬下去……」〔註 27〕

最後，當她懷著駱駝的孩子回到春遲身邊，爲了證明對春遲的愛，她縱身從洗禮的高臺跳了下去。這是至死方休的愛，一點也不比春遲對駱駝的愛遜色。相反，駱駝卻一直在欺騙春遲：他讓她找回記憶，只是爲了打聽關於他弟弟的下落。雖然小說中也寫到栗烈爲了春遲背叛自己的兄長，但比起淙淙故事的豐滿亮烈，則相差甚遠。

與張悅然《誓鳥》中淙淙對春遲感情的熱烈、單純、眞摯相比，另外一些女作家筆下女性之間的情感則複雜得多。本來，在一些女權主義者看來，對姐妹情誼的書寫，是對男權中心進行反抗的一種方式。同性戀女性主義者甚至將女性的同性之愛提到一個很高的位置。在他們看來，異性戀霸權地位必須改變，因爲它對應的是一整套的男權中心價值體系。「女同性戀的存在包

〔註 27〕張悅然：《誓鳥》，光明日報出版社，2006 年，第 147 頁。

括打破禁忌和反對強迫的生活方式，它還直接或間接地反對男人侵佔女人的權力。」〔註 28〕中國當代許多女作家在文學創作實踐中努力地探討了女性之間的關係，如王安憶《弟兄們》、林白《迴廊之椅》、《瓶中之水》，陳染的《無處告別》、《空心人誕生》、《潛性逸事》等等。在作品中，可以看到女性對同性感情的熱烈渴望，然而又難免交織著背叛、隔膜和失望。

林白中篇《迴廊之椅》講述了朱涼與七葉之間的姐妹情誼。七葉偶然成了朱涼的婢女，這又似乎是命運的刻意安排。在注重身體隱私的南方，朱涼洗澡總是叫七葉給她拍打身子。關於這一段，有著明顯的性暗示的意味。「她身上的水滴由暗紅變成淡紅，變成灰紅、淺灰、深灰，七葉的雙手不停地拍打她的全身，在她的肩頭不停地澆些熱水，她舒服地吟叫，聲音極輕，像某種蟲子。」〔註 29〕以至於朱涼死後，七葉還會聽到拍巴掌的聲音。

當陳龍提審朱涼，七葉候在簷下，燭火突然熄滅，七葉對朱涼的呼喚雖然細小、柔弱，卻像是女性面對強大的男權政治所發出的同情的呼喊和愛。

無論是肉體還是精神上，兩人都很有同性戀的特徵。而敘事者「我」通過大量的鋪陳和暗示，也明顯在引導讀者在往這方面想。比如，作者刻意大篇幅地描寫「我」在讀大學時對公共澡堂的恐懼（《一個人的戰爭》中也有類似情節），以突出朱涼讓七葉給她拍打身體這一行爲的不同尋常，並且加以評論：「很難想像有哪兩個女人的關係是如此緊密，這使我們很容易想到某個在西方通行的合法詞彙，從七葉一閃而過的詭秘神情和多年以後她對朱涼的忠誠（像不像《蝴蝶夢》）和深情，使我推斷她們之間有些不同尋常的東西。」〔註 30〕作者就要迫不及待地說出「同性戀」這個詞了。在我看來，這主僕二人的親密感情的確有其動人之處，但是否眞的同性戀，是否具有如此深刻的含義，值得懷疑，並且也不需要敘述者如此引導吧？

在中國古代文學作品中，似乎女性主奴之間的關係常常達到一種非常親密的程度。僕人給主人洗澡並非什麼特別的事情，甚至有時，主人做愛，婢女也陪侍在側，這不是現代意義上的隱私問題。而朱涼與七葉的關係，因爲有階級的因素在裏面，也並非完全平等的。如，「七葉被朱涼的眼睛一把抓住，

〔註 28〕艾德里安那・里奇：《強迫的異性愛和女同性》，伊格爾頓，胡敏、陳彩霞、林樹明譯：《女權主義文學理論》，湖南文藝出版社，1989 年，第 37～46 頁。

〔註 29〕林白：《迴廊之椅》，《貓的激情時代》，中國文聯出版社，2001 年，第 141～177 頁。

〔註 30〕同上。

她瞪著眼，看到自己被從這個糠塵飛揚的下午提出來，一下放進那幢高踞河岸的紅樓之中」。〔註 31〕一個下層女子，從此有機會窺見富貴繁華，這很像是一個灰姑娘故事，一個被解救的主題。而朱涼在漫長的日子裏不經意地將七葉塑成一個略通文墨、小有知識、懂些情調的女人。一個是導師，一個是被教育者，倒很像男女之間愛情的某種經典模式。

《瓶中之水》講述了二帕和陳意萍的故事。兩人心意相通，情投意合。在喝醉酒的，月光明媚的夜裏，二帕聽到不像是意萍的聲音說「二帕，女人比男人有味道得多」「我現在明白了，我其實是喜歡女人的」。〔註 32〕而這在二帕聽來卻非常驚悚，她不敢面對自己的眞實。她沒有愛過男人，害怕自己從來就是愛女人的，「可我不願意強化自己的這些，我不想病態，我想健康一點」。〔註 33〕女人之間的愛，是病態、不健康的，這是男權和異性戀中心價值所強加的，也爲女人們所內化。比較起來，意萍卻堅決得多：「二帕，你想到哪裏去了，我們不是那樣，我們只是要一種比友誼更深刻的東西，就是愛一個人，這個人不管是男是女，只有彼此激發出深情，二帕，只要有了這個，我什麼都敢做，什麼都不怕。」〔註 34〕這是意萍的宣言，相對於二帕來說，自然更爲堅決清晰。但是，她說，「我們不是那樣」，那麼是哪樣呢？這也是中國當代女作家經常做的事情，她們贊同女性之間的喜歡和愛，但是迴避女性之間的「性」，這點是非常有意思的。這是她們思想所無法抵達的某種黑暗角落。她們以純粹的精神之愛作爲女性之間感情的最後處女地，以此來尋找合法性。但也許，也正因爲這樣，她們始終無法在此一問題的思考上達到一個更深的程度。

所以，當二帕受「成名成家」的蠱惑，主動迎合男權的「潛規則」，與老律睡覺，並懷孕墮胎。然後漸漸向「成名成家」的目標靠近時，卻與意萍發生了爭吵，導致完全破裂。從此，意萍消失了，而倆人的這段感情自然也隨風而去。

相較於林白較爲單一對女性關係的書寫，陳染的探討更爲深刻全面。對

〔註 31〕林白：《迴廊之椅》，《貓的激情時代》，中國文聯出版社，2001 年，第 141～177 頁。

〔註 32〕林白：《瓶中之水》，《貓的激情時代》，中國文聯出版社，2001 年，第 178～221 頁。

〔註 33〕同上。

〔註 34〕同上。

同性之間關係的討論甚至與陳染對女權主義的看法交織在一起，是她的小說和散文中討論最多的話題。

與林白一樣，陳染也宣稱愛不應該分性別，並有她的一套理論。在《超性別意識》一文中，她這樣寫道：「眞正的愛超於性別之上，就像純粹的文學藝術超於政治而獨立。它們都是非功利的，是無實利的藝術。」〔註 35〕並大膽宣稱：「人類有權利按自身的心理傾向和構造來選擇自己的愛情，這才是眞正的人道主義！這才是眞正符合人性的東西！」「異性愛霸權地位終將崩潰，從廢墟上將升起超性別意識。」〔註 36〕當然，這意味著說，無論男男、女女還是男女之愛都是合法的，比林白走得更遠。但是，在寫作中，她又時時意識到女性之間情感的某種脆弱性。首先，與林白的觀點一樣，她們之間有著肉體的障礙。《無處告別》中，黛二和繆一、麥三在長久地互相傾訴後一起躺到大床上，「她們中間隔著性別，隔著同性之間應有的分寸和距離，保持著應有的心理空間和私人領域，安安靜靜地睡過去」，但是，黛二卻「忽然感到一種徹骨的孤獨，她知道同性之間的情誼到此爲止了」。〔註 37〕現代意義上的愛，是靈肉結合的，精神的默契固然重要，肉體的作用也不能忽視，因爲肉體之愛遠比我們想像得要深刻得多。而這，在林白的筆下是一種遺憾，在陳染這裡也無法彌補。

《空心人誕生》是陳染唯一一篇寫到女性之間肉體之愛的小說。兩個女人的愛情從一個十四歲男孩的眼中折射出來，刻意製造了某種迷離、懵懂和曖昧的氛圍。母親長期遭受父親的暴力和性虐待，終於離婚與單身的苗阿姨生活在一起。兩個女人之間有著高度的默契。一個說上一句，一個就知道下一句想說什麼。她們做同樣的夢，心靈互相有感應。在一個酒後的夜晚，月光之下，兩個終於衝破了肉體的克制。

> 醉意浮上來，她們嘴裏不時地冒著燒酒的清香，緊緊擁抱著躺下。那夜，情意繾綣的月光灑滿房間，她們神思恍惚，再也抗拒不住的情感需要與最後殘存的一點點堅強的理智攪和在一起，她們的哭泣、呻吟、耳語與「不，不」的叫聲攪和在一起……她們互相安

〔註 35〕陳染：《超性別意識》，《陳染文集 4・女人沒有岸》，江蘇文藝出版社，1996 年，第 114～12 頁。

〔註 36〕同上。

〔註 37〕陳染：《無處告別》，《陳染文集 1・與往事乾杯》，江蘇文藝出版社 1996 年，第 67～115 頁。

慰著，撫摸著，渴望著變成兩性人。男人，只是她們想像中共同的道具。在這黑暗滲透的溫情裏，理智崩潰了，尊嚴崩潰了，一切都崩潰了。她們不約而同想到「崩潰即毀滅」這句話，便擁抱著哭起來。乘著黑夜，她們把這溫情無限拉長，長到使這不言而喻的最後一次的第一次名副其實起來。〔註 38〕

這肉體關係是新鮮的，充滿渴望、熱情，也充滿了罪惡感。有豐盈的喜悅，更有不能滿足無法實現的東西。「男人，只是她們想像中共同的道具」，雖如此，她們還是要借助對男性的想像來得到快感。而且，酒是一種掩蓋，它抑制了理性，讓眞實的內心袒露無疑，而同時，它又是遮羞布，是藉口，是不用太負責任的，酒醒之後一切都可以推脫乾淨。因而，兩人的性愛關係仍並非出自女性意識的自覺，也並不是對同性性愛的眞正認同。因而，這關係仍是脆弱的。同時，她們還得面對更強大的男權世界。當母親爲了討要生活費去見父親，父親使她懷孕了。爲著對苗阿姨的愧疚，她自殺了。這也是女性之間感情脆弱的另一個原因，即她們不是生活在烏托邦裏，她們有更強大的現實需要面對。即便有了肉體的聯繫，她們也不可能眞正抱成一團去抵禦男權社會的傷害。她們的語言和交流，只能完成在女性之間。

《麥穗女與守寡人》是對這個問題更深一步的討論。在似幻似眞的描寫中，「我」處處想著保護英子，並爲了英子殺了人。小說的性別色彩很濃鬱，可以說是關於女性處境的一個寓言。在法庭上，當被問到誰是誘拐者時，英子指向了「我」。對於「我」來說，那是英子獨特的語言，只有作爲女性，作爲好朋友的「我」能懂，但是對於法官來說，這無疑是一種指證。法官是男性，代表著由男性制定的文明的規則與秩序。因而，「我」說，「你是男人，所以你無法聽懂。自以爲聽懂的，準是聽歪了。」〔註 39〕但是，在男性爲中心的堅硬冷漠的法律面前，這種說法並沒有用處。

這時，有一個英俊男子義正辭嚴地對著法官說，「我代表男性公民向您誠摯地請求：給她自由。」〔註 40〕這就像是關心女性問題的男性先驅者們，他們以公正之名、解放之名宣佈應該給女性以自由。然而，這自由本身又是有

〔註 38〕陳染：《空心人誕生》，《陳染文集 1・與往事乾杯》，江蘇文藝出版社，1996 年，第 346～365 頁。

〔註 39〕陳染：《麥穗女與守寡人》，《陳染文集 2・沉默的左乳》，江蘇文藝出版社，1996 年，第 61～76 頁。

〔註 40〕同上。

悖論的。「我的思想和肉體都分外清醒。我知道，他說的那個外邊的自由，是想把我推向一個更大更深的陰謀和陷阱。」〔註 41〕首先，由男性宣佈的自由是可疑的，它並不一定就是女性想要的。在女性沒有完全意識到自我的重要性，也沒有獲得獨立意識的情況下宣佈自由並非好事，「五四」先驅們反覆在討論的就是，女性自由後走向何處的問題。同時也像一些女性主義批評者敏銳地看到的，1949 年以後，法律和制度保障了女性同工同酬的權利以及婚姻方面的許多權利，中國的女性沒有像西方女性那樣流血爭取政治權力，這是一種幸運，同時也可能是一種不幸，因爲她們失去了深刻思索性別問題的機會。另一個問題是，男性宣佈的自由，更可能是從他自己的角度和立場出發的。性自由對女性來說是一種解放，對男性來說，何嘗不是獲得了更大的性交的自由呢？他們放縱的成本也由此降低了。所以，陳染接著寫道：「我對法官的判決毫無興趣。無論在哪裏，我都已經是一個失去籠子的囚徒了。」〔註 42〕「失去籠子的囚徒」這一說法常令研究者困惑。在陳染看來，對於女性來說，自由、還是被關進監獄，其區別並不太大。籠子是禁錮之所，也提供安全與庇護。而失去籠子的囚徒進入的只是一個更大的籠子，她面對的問題也許更多。從小說中可以看出陳染對女權主義理論的一貫關注，這關於籠子與囚徒的說法讓我聯想到美國學者凱特·米利特《性政治》中的描述。米利特分析熱內的《陽臺》一劇，寫到劇的最後幾幕提議，「如果我們想獲得最終的自由，我們就必須砸碎我們因盲目接受普遍概念而親手製造的鎖鏈。我們必須拆除禁錮我們的三隻大大的囚籠。第一隻囚籠是『大人物』——神職人員、法官和武士——潛在的權力。這些神話般的人以無數自我強加的荒唐奴役著觀念意識。第二隻囚籠是警察國家的無上權威，這是腐朽社會中惟一實實在在的權力，其他形式強權基本上是心理性質的權力。最後，也是最險惡的是性的囚籠。它將其他所有的囚籠都納於其中了。」〔註 43〕由此可以理解爲何法官的判決毫無意義，是置於法官所宣判的囚籠之下，還是走出性的囚籠，最後所面臨的問題仍然存在。陳染更推進了一步。

女性面臨著強大的男權社會，她們之間友誼的脆弱還表現在，一旦有男

〔註 41〕陳染：《麥穗女與守寡人》，《陳染文集 2·沉默的左乳》，江蘇文藝出版社，1996 年，第 61～76 頁。

〔註 42〕同上。

〔註 43〕〔美〕凱特·米利特，宋文偉譯：《性政治》，江蘇人民出版社，2000 年，第 29 頁。

人插入其間，女性之間建立起來的烏托邦很可能立刻就崩潰掉。《潛性逸事》中，李眉和雨子是非常要好的朋友，她們心心相印。然而，李眉卻要奪走雨子的丈夫，兩人從此失去了親密的感情。儘管李眉解釋說，「你無法……理解，雨子……我從來也不是……爲了獲得他。」〔註 44〕但雨子也只能在想像中原諒李眉。《飢餓的口袋》即後來改編爲劇本的《女人沒有岸》與之類似。《女人沒有岸》中，女作家麥一和女記者意馨之間感情深厚，精神上非常默契，但當麥一的前夫泰力出現，兩人便出現了隔閡。麥一懷疑意馨早已和泰力約好，意馨去澳洲是爲了泰力，於是便有了永遠也無法解釋的麻煩。劇中有對意馨與泰力訂約的暗示，也有意馨解釋和剖白的努力，但是，最後意馨去澳洲是否找泰力並不重要，重要的是那些猜忌，那些同性之間永遠無法建立的穩固的信任。正如陳染在麥一的旁白中說的，「我與意馨的友誼就像一束懸置半空的淒豔之花，幽芳四散，柔美如水。但這一束生命之花只能永遠地半懸於空中，昇華燃燒或摔碎消亡都是奔赴絕境與毀滅。這種懸置感使我們沒著沒落，心神不定。」〔註 45〕女性之間的友誼永遠無法穩定，沒有安全感，原因不僅來自男權社會，更來自她們內部。而後者，是更難解決，更本質性的。

在《無處告別》中，陳染對女性之間友誼的脆弱危險有更深刻的論述。她寫道：

> 與同性朋友的感情是一種極端危險的力量，黛二小姐始終這樣認爲。這需要她們彼此互相深刻地欣賞、愛慕、尊重和爲之感動。同時還要有一種非精神化的自然屬性的互不排斥甚至喜愛。她們之間最不穩定和牢靠的東西就是信賴。這種情感可以發展得相當深刻、忘我，富於自我犧牲，甚至誰也離不開誰，但同時又脆弱得不堪一擊，一觸即潰。稍不小心，轉瞬之間就滑向崩潰的邊緣。冥冥中，兩個人的情感之間隔著一層薄薄的紙，這種情感稍一有所偏差，就會變得無法存在下去。比如欣賞滑向妒忌，愛慕走向病態，那麼這張薄紙頃刻之間就會碰破；而兩個文化女子之間若沒了這張薄

〔註 44〕陳染：《潛性逸事》，《陳染文集 2・沉默的左乳》，江蘇文藝出版社，1996 年，第 32～60 頁。

〔註 45〕陳染：《女人沒有岸》，《陳染文集 4・女人沒有岸》，江蘇文藝出版社，1996 年，第 198～243 頁。

紙，那麼便什麼都不會有，不會存在。所以，黛二從來都把發展同性之間的情感視爲玩火。這一切的複雜和危險中異性朋友那裡並不存在。〔註46〕

女性之間要建立起完全的信賴，要建立起沒有妒忌，不受干擾的感情的確太難。這與男性之間或者男女之間的感情都不太一樣，像走鋼絲一樣難以保持平衡。散文《阿爾小屋》、《這個人原來就是那個人》中，寫自己與伊墮人的感情，也充滿了張力。兩人隨時隨刻兩敗俱傷，又在轉瞬之間同歸於好。有了矛盾便回到母親那裡去「充電」，很快又互相想念得不行。一邊恨著對方，一邊又在下意識地給對方買東西了。女性之間的情感如此不可捉摸。

《破開》是陳染專門討論同性之間情感的一篇小說，裏面也體現了作者對於女性主義的看法。陳染通過她的女主人公殞楠和「我」的話，表達了自己贊同的是「超性別意識」，夢想建立一個眞正的無性別歧視的女子協會，絕不標榜任何「女權主義」或「女性主義」的招牌，「我們追求眞正的性別平等，超性別意識，渴望打破源遠流長的純粹由男人爲這個世界建構起來的一統天下的生活、文化以及藝術的規範和準則。」〔註47〕

同時，對於異性戀文化，陳染也借主人公也發表了看法：

我以爲做爲一個女人只能或者必須期待一個男人這個觀念，無非是幾千年遺傳下來的約定俗成的帶有強制性的習慣，爲了在這個充滿對抗性的世界生存下去，一個女人必須選擇一個男人，以加入「大多數」成爲「正常」，這是一種別無選擇的選擇。但是，我並不以爲然，我更願意把一個人的性別放在他（她）本身的質量後邊，我不在乎男女性別，也不在乎身處「少數」，而且並不以爲「異常」。我覺得人與人之間的親和力，不僅體現在男人與女人之間，它其實也是我們女人之間長久以來被荒廢了的一種生命力潛能。……但是他（她）必須是致命的，這一點無疑。〔註48〕

然而，陳染同時又清晰地意識到這一切都只能是理論上的，是漂浮於現實與夢境之間的東西。在夢中，老婦人將一串乳白色的石珠放進她的衣兜，並告

〔註46〕陳染：《無處告別》，《陳染文集1‧與往事乾杯》，江蘇文藝出版社1996年，第67～115頁。

〔註47〕陳染：《破開》，《陳染文集2‧沉默的左乳》，江蘇文藝出版社，1996年，第255～282頁。

〔註48〕同上。

訴她當它們串在一起時才能發出迥然相異的光芒，這象徵著女性之間的聯合。但夢醒後，石珠終於掉落一地。

父女、母女關係和姐妹情誼，是女性作家思考女性處境的一個角度，在種種關係的考察中，她們一步步走向對女性命運的洞察，看到其中的複雜性和豐富性。性別問題的思考因而呈現出多維的特點。

第四章　價值動蕩中的女性形象

1990 年代，對中國大陸社會影響最大的莫過於經濟的轉型，它對人們生活、經濟、心理所造成的衝擊是極其巨大的。從傳統的農業社會突然被拖到工商社會的列車上，人們發現原先所信奉的一套規則，比如重感情重承諾，人與人之間的互相信任。人的善良、眞誠、自我堅守等美好道德受到了質疑，而工商倫理要求的契約關係，對金錢和現實利益的看重，以及一切都可以作爲商品出售和交換等規則又一時難以爲人們所接受，因而造成了現代人在道德和行爲選擇上的兩難處境。在價值動蕩，新與舊的交戰非常劇烈的時代，如何選擇，如何才能謀得更好的生存，又如何才能獲得心靈的平衡？女性所受到的衝擊似乎更大。一方面，與男性充滿冒險和變動的生活相比，家庭生活的一成不變可能使女性更容易陷入習慣當中不願改變；而另一方面，商業社會也爲女性提供了更多的機會：與農業社會相比，體力問題不再是最大的問題，相反女性可能借著自己的柔韌靈活而生活得更好，更具性別優勢。商業的發達爲女性提供了更多的就業機會，使她們不再囿於家庭的小圈子裏，但傳統道德對女性的要求仍然存在，如女人應該更多爲家庭犧牲和付出，女人更應該追求愛情和婚姻的幸福，等等，使很多女性在精神上陷入兩難處境。

張欣善寫商業社會中的女性，通過文本展示了她們在傳統和現代之間的矛盾。比起男性來，她們更樂於堅守內心中舊有的道德觀念，即便碰壁也在所不惜。在商業社會中，她們面臨著重重危機：職場中，她們一面要與男性同事和對手一起競爭，一面又常遭到來自男性的騷擾。堅守自己失去的是更多的機會，不堅守自己則失去的是尊嚴，更弔詭的是，即便堅守了自己，也沒有人願意相信她們的清白，最後這清白似乎也是沒有意義的。她們與丈夫共同負擔家庭，承擔著更大的壓力，她們的事業又常常不被看重。不僅如此，對小說中的這些女性來說，要應對這個堅硬的商業社會，還必須尋找一種東西來依靠，對於女性來說，很難克服的是情感上的寂寞。文夕《海棠花》等小說中，女主角對眞愛的追尋與付出甚至可以用「慘烈」二字來形容，她們筆下的女性似乎走入了一個難以避免的怪圈。

在商業社會中，最常見的一種行爲就是交換。古往今來，女性的身體都常常被物化，作爲交換的工具而存在，在商業社會，女性可以支配自己的命運，交換總歸是自我選擇，這是一種進步。但是，年輕貌美的身體資源與金錢之間的價值是否對等？這中間有著怎樣的矛盾？更有意思的是，男性也越來越多地作爲交換品出現，與女性相比，有時並無多大區別，有時卻又有本質的不同。小說中的種種講述體現了作家們在商業社會中對於性別的獨特體認。

第一節　堅守與改變中的兩難

在當代女作家中，張欣較多寫都市與商業社會中的女性，寫她們的搖擺與固執，她們的悲哀與無奈，她們對愛的渴求與現實的赤裸粗糙。在一個價值崩塌、充滿精神危機的時代，女性的選擇變得尤其艱難。

張欣的筆下較多寫女性從動搖到堅定的過程。從一個禁欲的、充滿理想主義的社會突然進入一個以金錢爲中心的社會，人都有一種找不著北的感覺，彷彿《你沒有理由不瘋》似的。谷蘭與蕭衛東曾經過著非常富足的生活，谷蘭在藥局上班，衛東在外貿局，寬敞的兩室一廳的房子，漂亮的女兒。但一夜之間似乎一切都不對了，人們都在瘋狂地賺錢，谷蘭也開始動搖：不僅爲了賺錢，更因一成不變的生活令人厭倦，於是她也開始賣褥子、藥，炒股，並試圖改變衛東。然而，她又常有遊移，放不下舊有的道德觀念，因而進退失據。正像金萍說的：「凡天下事，不可能又當婊子又立牌坊，你想清者自清，就只能回到你原來的位置。」〔註 1〕谷蘭認識了藥業公司的總經理助理葉向川，兩人無意中發現藥業公司銷售的一批生長素有問題，它會在十多年後導致服用這些生長素的孩子患上腦病，在發病一兩年後死掉。兩人決定揭發這一事件，卻遭遇重重阻力。公司急要著上市，要增強競爭力，背後又有強大

〔註 1〕張欣：《你沒有理由不瘋》，《誰可相倚》，文匯出版社，2006 年，第 4～48 頁。

的政治背景，不僅兩人的職業前途遭到威脅，向川人身也受到威脅於是轉而極力勸阻谷蘭。而另一面，衛東卻與一個叫燈燈的女孩有了婚外情。出於複雜的心理，谷蘭與向川發生了關係。谷蘭與向川多方託人，尋求媒體幫助，最後仍以失敗告終，藥業集團兩個月後順利上市，向川離開這座城市，從此音訊杳無，蕭衛東前途受損，也一走了之，只剩谷蘭獨自面對殘局。

這不僅是一個關於女性的精神困惑的故事，更是一個在變化了的時代人如何選擇的故事。無論女性谷蘭還是男性葉向川，抑或谷蘭的丈夫蕭衛東，面對這個時代都非常的迷惘。作爲女性的谷蘭爲了堅持自己的道德觀想要站起來抗爭，卻陷入無物之陣。龐大的社會與弱小的個體，兩者力量對比太懸殊了，女性的堅執毫無用處。而另一方面，家庭道德也處於分崩離析中。她既要面對丈夫的出軌，又要面對自己複雜的情感，自由與誘惑是美好的，也是危險的。

《愛又如何》的故事有類似之處，同樣講述了女性在時代變化中的迷惘。可馨向來生活順利，考上大學後分到較好的單位，嫁給心愛的人沈偉。她在辦公室目睹副處長與一女同事偷情後並未揭發，反因自己的善良而被排擠出單位，不得已求助於兒時朋友洛兵。知道洛兵暗戀自己後又果斷離開，做著臨時工。一切都在變化中，連保姆菊花都發財了，可馨的經濟與情感卻都危機四伏。愛又如何？不僅女人，沈偉也在生活中苦苦掙扎，疲憊而無奈。

由動搖而堅守的故事，《浮世緣》中的落虹表現得更爲徹底。她是一個美麗的小城女子，追隨心愛的男人瑞平來到廣州。孰料瑞平卻爲了留學加拿大與泰國富商之女夢莉訂婚。絕望的落虹答應了當林燦榮的二奶：昂貴的衣服化妝品、奢侈的生活令她沉醉，不料卻是南柯一夢——林燦榮因金融風暴破產跳樓身亡。落虹將之看成是對自己的警告，從此走上正直的道路，無論生活如何變化都未更改。

從前面的幾個故事即可看出，張欣筆下的女性更多具有傳統女性的特點：沉默、奉獻、堅持。這甚至被她看作女性的特質，是她們性格中無法改變的部分。在《鎖春記》的扉頁上她這樣寫道：「永遠不要勸女人，勸女人就像勸皇帝。而女人的固執決不在皇帝之下。勸諫皇帝至少還算拼得君前死，留下身後名，勸女人的下場就是她不僅恨你，恨死你，而且還會以加倍的熱情把你勸誡的錯誤進行到底。」〔註2〕作者探討著女人因固執而導致的矛盾。

〔註2〕張欣：《鎖春記》，作家出版社，2007年。

一方面，固執是女性面對這個社會的策略：「弱，肯定是沒有出路的，世事的善變，人心的寒涼，易老的容顏，如果沒有一分執拗的堅持，如何能把命運牢牢地握在手中。」〔註 3〕然而，固執又造成了她們的痛苦，比如在愛情上的不覺悟，比如無謂的犧牲，比如鑽牛角尖，把自己禁錮起來。

認爲女人更守成，更難以改變，這其實是對女性的刻板化印象。張欣小說中的人物大多如此，這限制了她對女性的進一步思考。女性的固執是一種本性還是文化定義的結果，抑或只是作者個體的認知？不管是現實中還是小說中，我們看到的既有守成的女性，也有靈活變化的女性，其豐富性可以有更多的思考。

然而，從小說中也可看到，女人的固執與堅守常令她們處於弱勢，卻又往往從中生長出一種力量。這使她們在變動的浮華的世界中宛如堅定的島嶼，她們的內心比人們想像的要強大。《依然是你》中的管靜竹、《那些迷人的往事》中的于抗美，《對面是何人》中的如一，無論外面波浪滔天，她們仍然不爲所動，而堅持自己內心的善良、眞誠。

管靜竹與端木林平靜地結婚，平淡地生活，似乎很幸福。轉折發生在生下孩子歪歪之後。歪歪是個啞巴、智障兒童。端木林突然失蹤，三年後方知己與另外的女人同居，生下了一個漂亮的女兒。管靜竹沒有吵鬧，只平靜地離婚，帶著歪歪艱難地生活。她聽從好友曹虹的勸說將歪歪寄養在保姆葵花家，最後還是克制不住母愛的本能將歪歪接回了家。焦陽是個孤兒，當過小偷，做過鴨，與管靜竹偶遇後，管多次幫助他，使他改惡從善。管靜竹後來又遇到企業家王斌，他想娶她，只是因爲她的善良，她待他的孩子很好。管靜竹的身上無疑具有傳統女性的許多優點：她的母性、安靜、善良、自我犧牲，以及對自我的堅守。但是同時她也面臨著困境。當她獨自撫養歪歪，承受痛苦的時候，是否也縱容了端木林，使他逃避了自己的責任還理直氣壯。或許，女性的傳統美德恰是男人自私的根源？

《對面是何人》裏既有對人性善惡普遍性的探討，也有對女性本質的思考。在金錢處於一切核心的時代，一夜暴富成爲許多人的夢想，而暴富之後人會怎樣呢？會激發基本的善還是會變得面目全非？作者在小說一開篇便寫道：「讓一個女人低頭的，是愛情。能把男人折磨得死去活來的，是他們的夢

〔註 3〕張欣：《鎖春記》，作家出版社，2007 年。

想。」〔註4〕因而，李希特與如一的分歧，既是個體的分歧，更是兩性的分歧。女人代表了安穩的一面，她平淡、守舊，在生活的任何時候都波瀾不驚。而男人天生的冒險精神則使他們喜歡動蕩與變化。中了一千二百萬巨獎之後，如一選擇的是將錢存起來，這代表了女性缺乏安全感的一面。而李希特則希望用這個錢去實現自己拍武俠電影的夢想，兩人只有離婚。這一邊，拿到錢的李希特忙得風生水起，交了新的女朋友許二歡；那一邊，離了婚的如一一如既往地賣假髮、做走鬼、織毛衣，爲的是打發掉漫長寂寥的日子，發了財的舊情人回來找她也不爲所動，就如她名字一樣始終如一。然而她的那部分錢也被李希特拿去。李希特最終被現實撞得頭破血流，跳樓自殺未遂成了植物人，如一不計前嫌耐心地照顧他直到他醒來。

在這部小說中，張欣也創造了另一種類型的女性，如小美媽和小美們。比起如一來，小美媽似乎更現實更勇敢。她做走鬼，貨品以次充好，一心想嫁給有錢的臺商：她一直在爲自己尋找更好的生存機會。比起如一來，她更柔韌靈活，當有機會時她便想著抓住一個男人，沒有機會時便獨自勇敢面對生活的困窘。然而，與她的動搖遊移相比，如一似乎又更強大更有力量。從作者所塑造的女性形象來看，她似乎更傾向於贊同具有傳統美德的女性。這裡面也有矛盾，一方面與女性主義所推崇的女性自由、解放是背道而馳的，她過於強調文化一貫所賦予女性的價值，如前面提到的奉獻、犧牲、堅持等。但另一方面，柔弱也是堅強，作者更多發現的是她們堅守裏面的力量。

小美們則是在經濟變革中成長起來的一代，她們對現實有著更爲準確的把握，對男性也更有手段。小美喜歡時尚，愛與有錢人交往，甚至不惜搶走母親的情人。斑斑（《首席》）懂得如何對付男人：面對男同事李爾東的騷擾，飄雪只有生硬的拒絕，而斑斑則趁機敲他竹槓，讓他望而卻步。她們似乎比上一代女性更勇敢，更「現代」。從某個角度來說，女性可以自由支配自己的身體，爲自己換取更好的生存；然而，從另一個角度來看，小美們所從事的仍是女性古老的職業，所依靠的仍是年輕貌美的身體資源，表面看來是一種進步，實質是一種退步。

都市給了女性更多的發展機會，比起農業社會而言，她們的體力不再成爲性別弱勢，相反有時可以利用身體資源更好地發展。然而，悖論同時又出現了。《首席》堪稱對女性當下處境的一個全面生動的描述。利用身體意味著

〔註 4〕張欣：《對面是何人》，上海文藝出版社，2009 年。

並未改變女性的物化本質，不利用身體又常處於劣勢，另一方面也會被懷疑。在商場拼殺的同時，又要面對男人，包括男同事的騷擾。事業上與男人的競爭一點都不輕鬆，家庭又不能丟掉。因而，女性的處境實際是前所未有的複雜。

歐陽飄雪與杜夢煙是大學好友，兩人因爲誤會而成爲敵人，後來成爲不同玩具公司的首席，更是商場上的競爭對手。在商場中，女人必須得像男人一樣拼搏討生活，在競爭中沒有人會因爲你是女人而讓著你，因而，飄雪既要和夢煙等同行競爭，又要和李爾東等同事競爭。業務做不上去，說什麼都是白搭。李爾東趁著飄雪生病之機搶了她的單，得到了晉升。而她們也眞的陷入了對自己定位的困惑中。夢煙感歎，「想一想，女人眞是麻煩，做花瓶讓人看不起，做女強人又沒人愛，兩者兼顧吧，就說你依靠背景，犧牲色相。總之不是因爲你的努力和本事。」〔註5〕怎樣做都不討好。

除了在商場上性別帶給了女性困惑，在家庭與職業之間她們的迷惘更深。《絕非偶然》中，何麗英在金橋廣告公司工作，丈夫車曉銅是攝影師，兩人常常成爲競爭對手。一次，金橋挖掘出一個學生模特兒馮剪剪，讓麗英去尋找和攻關，一切都談好了，卻被車曉銅中途搶走。麗英陷入危機當中：一面是同事和公司的不信任，面臨被開除，另一面卻是丈夫與馮剪剪水深火熱的愛情。最後以馮剪剪的退出告終，公司也消除了誤會，讓她回去了。這個故事包含著女性在當代的尷尬處境。一是，男權思想依然佔據著重要的位置，雙重價值標準依然很強大。車曉銅常利用職務之便與女性發生曖昧關係，卻不能容忍男同事對何麗英的些微關懷。同樣是勸說模特馮剪剪拍廣告，對車曉銅而言就是他的事業，何麗英應該爲家庭和丈夫無條件地放棄。在傳統與現代的衝撞中，男女都陷入了尷尬。一面女性不僅要求男性要能賺錢，又要溫柔體貼。男人也是既要求女人能賺錢，又要她們顧家，爲丈夫犧牲自己。

不僅如此，張欣筆下這些現代勇敢的女性，也常感喟女性即便在社會中成功了，沒有得到感情，仍是失敗的。這是對女性固有形象的強化。看到夢煙的生活，飄雪反而很羨慕。「她實在是寂寞。其實，客戶、外匯、流動的黃金比價在她的生活中越來越不重要了，如果女人能夠自己選擇情路歷程，那她寧肯十八歲讓人強暴，然後一次次被人拋棄至八十歲，也不願意過這種深

〔註5〕張欣：《首席》，《誰可相倚》，文匯出版，2006年，第105～168頁。

宮式的無人問津的生活。」〔註6〕而要在商場上成功，又必須摒棄女性軟弱的情感，這是怎樣的矛盾呢。飄雪對玩具廠廠長羅小蟲動了一下心，又立馬壓抑住，讓自己心如止水。夢煙最後受不了女人獨自闖蕩的艱辛，傍上了香港富商做了二奶，她的邏輯是，「一個女人，剛烈怎麼樣？好強又怎麼樣？抵不住別人一句話，就能叫你的工作、名譽、自尊清白統統泡湯。既然不是按照牌理出牌，我爲什麼不想辦法叫別人出面呢？」〔註7〕知道江祖揚內心始終愛的是夢煙，飄雪心中感歎：「夢煙永遠令她羨慕，她不是首席，卻是許多人心中的一把好琴。」〔註8〕似乎暗含著這樣一個邏輯：女人在事業上再成功，沒有男人的愛終究也是枉然。而男人的欣賞卻能抵消她們在社會上的所有失敗。將女人比喻爲琴，本身即是對女性的物化：她們只有在男人的彈奏下才能發出動聽的聲音，而不能依靠自身凸顯價值。因而，在商業的花哨背景下，張欣更多認同的卻是傳統對女性的界定。喧囂的商業背景、時尚的裝飾後面，卻是陳腐的思想。

與張欣的女性形象相比，殷慧芬《和陌生人跳舞》中的焱玉更勇敢，更清澈，也更具現代女性的獨立意識。她與阿雄相愛時，原也想結婚生子，做個賢妻良母。孰料一朝被阿雄掃地出門，之後，她發生了巨大的變化。「她後來離開了阿雄，醒悟到女人唯有心中無愛才能保持尊嚴」。〔註9〕這是對愛情的一個瓦解。愛情與女性成長處於一種對立的位置：正如前面所論述的，女性往往被看成是爲愛而生的，愛情的獲得與否更多地作爲評價一個女人是否幸福的標準。但是，在焱玉這裡，或者說在很多都市女性這裡，摒棄對愛情的幻想才能使她們眞正走上成熟的路。焱玉開始在商場上打拼。她是這樣的女子：名校畢業，英文流暢，成熟嫵媚。「她穿米白色的 BALLY 西褲套裝，一雙黑白雙色的同樣品牌的皮鞋，懷抱大公文包，顯得伶俐而又充滿幹勁。」〔註10〕她能力出眾，工作出色，肯吃苦，月收入上萬，還自己按揭買了房子，有了自己的獨立空間。然而，對情感的渴求仍是女人不變的夢。焱玉與弟弟的同學飛鴻相愛。但此時的焱玉已經不再是當初的焱玉，她在愛情中仍看到了飛鴻身上的弱點，比如他爲人處世的幼稚，他在經濟上對她的依賴，他不

〔註6〕張欣：《首席》，《誰可相倚》，文匯出版，2006年，第105～168頁。
〔註7〕同上。
〔註8〕同上。
〔註9〕殷慧芬：《和陌生人跳舞》，長江文藝出版社，2002年，第39頁。
〔註10〕同上，第100頁。

懂得她對個人空間的看重，等等。當女性已經成長，跟男性一樣需要獨立，需要自己的空間的時候，男人卻還沒有回過神來，這似乎不僅僅體現在焱玉和飛鴻的故事中。

焱玉與好友唐蔚藍都是鮮明大膽的女子。唐蔚藍懂得如何對待男人，懂得女人的價值。在一個一切都成爲商品的時代，感情也是需要用金錢來體現的。因而，唐蔚藍說，「墮落也要講品味，講格調呢。我不會隨隨便便地出賣自己。你不擡高自己，男人就會認爲你賤。」〔註 11〕女人不能將自己視爲商品，又不能不將自己視爲商品，否則，就沒有了評價自己價值的標準和尺度。這是她們的悖論。唐蔚藍果然傍了大款。

與張欣筆下的女性一樣，《和陌生人跳舞》中的女性也面臨著情感的寂寞，然而她們卻選擇了不同的處理方式。作者寫到：「她是那種非常冷傲非常成功的女子。這樣的女子總是獨影。」〔註 12〕在這樣一個時代，經濟獨立、性解放，一切都變得很容易，很輕易，但是，眞感情呢？肉體和情感兩方面都是寂寞的。焱玉在寂寞中與自己的臺灣老闆邱福根發生了一夜情，之後她很厭棄自己的墮落，唐蔚藍也瞧不起她，還是因爲「即使是墮落，也是要講品味和格調的。但是在那個無法回收的晚上，在那種都市的絕望和奢侈裏，焱玉她就是不要品味和格調，她對著一切已經厭煩了。她是存心要低俗、要濫情和下賤了」。〔註 13〕她們無法徹底放任自己的身體，一面是因爲靈肉不可能完全分離，另一面男人也無法理解已經自由的女人：他以爲發生了關係，女人就是他的了，就可以任他宰割了，卻不能明白，女人也可以拿男人做泄欲工具的。焱玉後來又與房東發生了一次關係，爲避免糾纏而果斷搬家。因而，殷慧芬筆下的女性更爲清爽、更爲透徹。

將都市中女性的「謀愛」寫得可稱得上「慘烈」的是文夕的《海棠花》和《罌粟花》。兩部小說的女主人公藍棠和米霜兒有著相似之處：她們都是白領，商業社會中如魚得水的女性，且一樣年輕貌美。最重要的是，她們都將愛情視爲信仰。《海棠花》中藍棠初愛宗明，糾葛了十年，後到深海，戀上景峰，做了他的二奶。她先是忍辱負重，想通過婚姻來獲得景峰，繼而發現景峰除了老婆她之外，還另有情人有孩子，並與白雪勾搭，乃憤而離開。之後

〔註 11〕殷慧芬：《和陌生人跳舞》，長江文藝出版社，2002 年，第 46 頁。
〔註 12〕同上，第 256 頁。
〔註 13〕同上，第 83 頁。

嫁給何喬，卻在景峰生病時義無反顧陪他去北京就醫，不離不棄，終於感動景峰，得了一個花好月圓的結局。《罌粟花》中，米霜兒愛上楚相，楚相也和景峰一樣，有妻子有女友，更有無數的性伴侶。與《海棠花》不同的是，米霜兒在遍體鱗傷後終於了悟愛情的眞相，歷經曲折後不知所終。這兩個故事結局不同，情節人物等卻非常相似，也說明了作者在想像力上的某種匱乏。

與小說中白雪、墨雲等人用身體籠絡男人不同的是，藍棠和米霜兒試圖用愛情籠絡住男人：無論是大團圓還是心碎失蹤，其中的女性都備受折磨。愛情眞的如此之重要麼？米霜兒最後頓悟：「直到失去孩子，我才明白，我是一個大賭徒！我賭的是愛情，我把我的生命一注押到了你的身上，押錯了莊還往死裏賭。」〔註 14〕男人的思維則明顯不同，景峰說藍棠：「一開口就是我對不起你們，朝秦暮楚，上了手佔了便宜就想脫手。要男人負一切責任，承擔後果。其實你女人不想想，當初我一廂情願能有事嗎？說我變心，你不看看你自己是怎麼變的，當初的時候你是這麼刁蠻的嗎？你說要我負責我也都做了，工作、戶口，現在房子也買了，你還要怎麼樣？」〔註 15〕在這樣一個社會，忠貞、眞誠等美德已經蕩然無存，人和人之間只是通過利益關係結合在一起，想要保持純粹的愛情自然會撞得頭破血流。作者對藍棠和米霜兒是持贊同態度的，爲愛而生，爲愛而死，這才是女人的正業，在商場的打拼不算什麼的。小說中，藍棠和米霜兒都不怎麼看重自己的工作，而工作對她們來說也來得很輕易，做得很輕鬆——差不多就可以了。將愛情定義爲女人的事業，意味著文夕又陷入了男權的陷阱。

當經濟上不能獨立時，女人得緊緊依附於男人，男人的好惡決定了她們的命運，她們是「可憐的」；當經濟上獨立時，她們又很可能得不到男人的愛，也是「可憐的」；而這兩者，在一個男權依然強大的社會，又似乎很難兩全。事實上，完全有第三條路，就是以自己的方式定義自己的存在。而當代女作家卻少有這樣的表達。動搖和堅守，都不是那樣簡單；獨立和自由，也並非想像的那樣完美。進入商業社會的女性所面對的，是更爲複雜的環境，她們得自己做出選擇並自己承擔。任何一種選擇都是可能的，而任何一種選擇需要的都是承擔。

〔註 14〕文夕：《罌粟花》，春風文藝出版社，1997 年，第 541 頁。
〔註 15〕文夕：《海棠花》，春風文藝出版社，1997 年，第 210 頁。

第二節　身體與金錢的交換：兩性的不同思考

交換是商業社會最普遍的現象。而女性的身體作爲交換物存在卻並非自當代始，相反應是一個極古老的話題。無論是作爲政治目的的和親、政治結盟，還是出自商業目的的結合，女性都不過是從一個主權者手中讓渡到另一個主權者手中，她們自己選擇的空間很小。在這樣一個半男權社會，經濟的開放和政治上的寬鬆使得女性獲得了很大的自由，她們可以自主地用自己的身體去換取較好的物質生活，這是社會的進步——至少她們從被迫交換變爲主動交換，變爲可以選擇。這甚至可以說是一種性別優勢：相對於男性，社會給予他們的壓力要小得多，在交換這個問題上也相對寬容得多。然而，任何優勢背後都存在著陷阱，她們所要面對的問題更多。比較女作家和男作家對於交換的主題應該是非常有意思的，從中可以更清楚地看到社會文化對於性別的定義，以及兩性在這一問題的上所面臨的不同處境。

早在 20 世紀 40 年代，張愛玲就已經較多刻畫了交換的女性形象。無論是《沉香屑・第一爐香》中的葛薇龍、《金鎖記》中的曹七巧，還是《傾城之戀》中的白流蘇，她們都是用身體資源在交換。不管是做交際花還是做妻子，其實質都是一樣的，所不同的只是契約時間長短和價格而已。而這交換的背後，有成就感，畢竟算是得到了物質的安慰，更有背後心靈的辛酸掙扎甚至精神的變態。

林白筆下有許多寫到交換的主題。《隨風閃爍》、《貓的激情時代》、《致命的飛翔》、《去往銀角》、《紅豔見聞錄》、《瓶中之水》、《飄散》等都是在思考女性在這樣一個商業時代的位置。這個話題既古老又新鮮，而林白的這些作品中帶著強烈的女性意識。

《致命的飛翔》是這些故事中最爲驚心動魄的一個。李莴與北諾的故事交織在一起：同爲交換，李莴通過做情人，北諾則是以零售的方式。李莴得到了想要的工作調動，北諾卻再三再四地被那男人忽悠；李莴在秋風漸冷的時候終於獲得了情人結婚的承諾，北諾卻因爲無法忍受男人的暴行而殺死了男人。

兩個故事是並行的，雖然李莴的故事處於顯性層面，北諾的故事處於隱性層面，但北諾故事因其驚心動魄而更令人難忘。北諾爲了換取一個調動工作的表格去赴約。第一次，男人草草完事，說忘記了表格；第二次，男人疲軟無力，要她再來；第三次，男人吃了春藥，因此勇猛無比。當男人像獸一樣發泄完之後滿足睡去，北諾揮刀殺死了他。流血的場面鮮豔而驚悚。

對於男女兩性交換的實質，林白寫得再清楚不過：「一切最初的引誘和挑逗（這是相互的動作，男人用他的權力放出誘餌，女人用她的色相做誘餌，誘取男人的權力，開始時這是一筆兩廂情願的生意，雖然兩廂情願，卻不便說出口，說出口對男人和女人都不好，男人在女人心目中會永遠成爲以權謀色的下流胚，女人在男人的心目中會永遠成爲賣淫婦。……」〔註 16〕。雖然實質是都懂得的，卻要給以種種掩飾。權色交易的眞相，是男女之間心知肚明卻又不能說出的秘密。

在交換中，男女兩性的付出是不平等的。西美爾認爲，男人只是付出了他金錢或權勢的小部分，而女人付出的則關乎人格，在交換中「妻子獻出了整個自我，連同其價値的全部。相反，男人在交換中僅僅獻出其個體的部分。」〔註 17〕當女性感覺到這種不平等，憤怒和痛苦就會油然而生。北諾才會在一次次尊嚴受挫的情況下，採取了謀殺的報復方式，並且在鮮血中重獲了自由，成就了一種「致命的飛翔」。

《去往銀角》和《紅豔見聞錄》則將交換和物化推向了一種極致。一夜之間，這個世界突然變了樣。做妓女不再是一件恥辱的事情，只要能賺到錢就好。很多下崗女工去做了妓女，「我」也想去做，然而似乎又沒有充分的理由。父親的病是我盼望已久的藉口，於是「我」去了銀角。這是一個灰暗的處所，喧囂著腥甜的汁液與欲望。第二部分對「我」的心理描寫細緻深刻：對物化的甘願與抗拒始終是同在的。一面是「我」主動選擇了去銀角做，一面是我被誘惑著成爲獸——狗猿一樣的東西，一面卻又是精神上的不甘墮落……「我」去了銀角又想要逃出銀角，轉了一圈卻依然還在銀角——世界就是一個大的欲望之監，無論怎樣都無法逃離。最後，「我」也變成了雞冠花——不是物化爲獸，就是物化爲植物，充滿腥甜的氣味。而雞冠花以其鮮豔更讓人聯想到飽滿的欲望。女性一旦沉入欲望的陷阱，再也無法逃離，這裡面有種對商品社會的絕望。

《紅豔見聞錄》的描述卻更爲驚心動魄。這似乎是銀角故事的延伸。在欲望的世界裏沉浮，「我」們就像一堆番薯，永遠年輕、芳香，皮膚細嫩，忘

〔註 16〕林白：《致命的飛翔》，《貓的激情時代》，中國文聯出版社，2001 年，第 242～285 頁。

〔註 17〕〔德〕西美爾著，顧仁明譯、劉小楓編：《金錢、性別、現代生活風格》，學林出版社，2000 年，第 85 頁。

記了過去，也沒有了未來，沒有憂慮也不必思考……欲海中的醉生夢死恰是當下社會的寫照。直到有一天，一個叫甘薯的志願者啓發了「我」，讓我逐漸醒悟並去追尋眞相。「我」刨開蓬勃的番薯葉子，發現原來所有的番薯最後都是用來做女性身體的。在清醒之後，「我」選擇了義無反顧地離開。

對物化的追求與抗拒是混雜在一起的。作者自述，「在我看來，《去往銀角》和《紅豔見聞錄》是另一部《一個人的戰爭》，雖然寫的是下崗工人，跟社會問題有關，但跟我個人的生命本體卻有著某種一致性，一種疊合。這兩篇小說，在精神上是一種自由，在藝術風格上也是。在生命本體上，那個弱勢的女性，跟我本人，有著一種一致性。那個受體制的、男性的、科學的控制的女人，她不是別人，正是作者本人。」〔註 18〕

相對而言，王安憶《長恨歌》中王琦瑤的交換顯得更爲溫情、平和。男女兩性金錢與身體的交換是約定俗成的，遵循應有的規則，雙方各取所需，不關乎道德。王琦瑤是個美麗的女孩，她知道自己的美麗，也知道美麗的價值，而且這是最靠不住的一種美麗：它會隨著時光的流逝而自然貶值。相比男性而言，女性是有沉沒成本的，她跟了一個男人青春會消逝，她自己呆著青春也會消逝。王琦瑤很早就明白了這一點，她看重李主任給她的安全感：「李主任本不是接受人的愛，他接受人的命運。他將人的命運拿過去，一一給予不同的負責。王琦瑤要的就是這個負責。」〔註 19〕而在李主任這一面，作爲男人，女人是他人生享受的一種，同時他對於女人亦有同情有憐憫。這也是男女之間交換畢竟不同於其他商品交換的地方——總是難以避免情感的糾葛。一方面，情感給予這個交換以溫情的面紗，另一方面，情感又常令雙方的交換難以乾淨徹底。

女人承受著各種壓力，然而，女人卻是有性別優勢的，她可以活得更輕鬆。「男人身上的擔子太沈，又是家又是業，弄得不好，便是家破業敗，眞是鋼絲繩上走路，又艱又險。女人是無事一身輕，隨著有福同享、有難同當便成了。外婆又喜歡女人的生兒育女，那苦和痛都是一時，身上掉下來的血肉，卻是心連心的親，做男人的哪裏會懂得？」〔註 20〕

〔註 18〕林白：《生命熱情何在——與我創作有關的一些詞》，《前世的黃金——我的人生筆記》，時代文藝出版社，2006 年，第 2～12 頁。

〔註 19〕王安憶：《長恨歌》，南海出版公司，2003 年，第 83 頁。

〔註 20〕同上，第 21 頁。

美麗的女人更具優勢。王琦瑤用美麗來換取了安逸的物質享受以及未來生活的保障。然而，美麗又常常成為一種劣勢。外婆是透徹的「她還想，王琦瑤沒有開好頭的緣故全在一點，就是長得忒好了。這也是長得好的壞處。長得好其實是騙人的，又騙的不是別人，正是自己。長得好，自己不知道還好，幾年一過，便蒙混過去了。可偏偏在上海那個地方，都是爭著搶著告訴你，唯恐你不知道。所以，不僅是自己騙自己，還是齊打火地騙你，讓你以為花好月好，長聚不散。幫著你一起做夢，人事皆非了，夢還做不醒。」〔註21〕在充滿欲望與無限可能的都市中，年輕美麗對於女人似乎意味著一切都唾手可得，而畢竟又常常是鏡花水月，一腳踏下去往往空的，反倒不如平凡女孩來得實在。

不管怎樣，王琦瑤憑著她的美麗與女性魅力在時代的動蕩中活下來了。在這部小說中，作者無疑對王琦瑤的交換持寬容理解甚至贊同的態度。她消解了其中可能存在的矛盾與痛苦，也不追問道德問題，更非女性主義的。

男性作家閻真的小說《因為女人》則從另一個視角分析了女性在商業社會中的交換悖論。女大學生柳依依是一個很純潔的、相信愛情的女孩。大二時，四十來歲的薛經理想包養她被她拒絕了。她與研究生夏偉凱相愛，漸漸陷入情愛與性愛的水深火熱中，不料夏偉凱卻一再背叛她。柳依依不能忍受終於分手。她嘗試著為了改變現實去接受博士郭治明，最終還是拗不過自己的心，只得作罷。之後工作也不如意，遇到電視臺記者秦一星之後，還是走上了被包養的道路。將近三十歲的她在秦一星的勸說下嫁給了小職員宋旭升。漸漸宋旭升也發達起來，在外面包養了年輕的女人——人生繞了一圈似乎又繞回來了，永遠走不出那個困局。

作者無疑是想通過這部小說來揭示女性在欲望化的當下的處境。作者在小說扉頁中先引用了波伏娃那段名言「女人並不是生就的，而寧可說是逐漸形成的」，繼而做了反駁：「女性的氣質和心理首先是一個生理性的事實，然後才是一個文明的存在；也就是說，其首先是文明的前提，然後才是文明的結果。生理事實在最大程度上決定了女性的文化和心理狀態，而不是相反。把女性的性別氣質和生理特徵僅僅描述為文明的結果，就無法理解她們生存的真實狀態。在這裡，文明不僅僅是由傳統和習俗形成的。在這個意義上我

〔註21〕王安憶：《長恨歌》，南海出版公司，2003年，第119～120頁。

們可以說，性別就是文明。」〔註 22〕作者認爲，生理性別遠比社會性別更爲重要，更爲本質，它才是構成女性處境的根源。他的小說便是在這一層面上展開的。小說中，無論是柳依依、苗小慧還是阿雨，無論是誠實的聰明的還是倔強的，她們所使用的始終是女性性別資源。

柳依依在讀到大學二年級時突然意識到自己是幹不了大事的人，於是放棄了遠大理想，之後並不感到痛苦反而有種如釋重負的感覺。現實總在誘惑女人走更容易的路，這是她們的優勢，令她們可以過得更輕鬆。但也是她們的劣勢，因爲這种放棄使女性很少能夠像男性一樣獲得成功，即便她們在智力上並不弱於男性。放棄了遠大理想之後女人能做什麼呢？作者用老了的柳依依的感概來表達自己的觀點：「在這個年代，一個女人所能做的，就是做一個女人，這是她的事業所在、寄託所在，可是這幾乎就是一個預設的敗局。」〔註 23〕從生理性別來說，女人生來就是女人，這是毋庸置疑的。而閻眞在這裡特意強調的「做一個女人，這是她的事業所在、寄託所在」則是對女性在社會性別上的定位。他的意思正如前面所引用的一樣，是在說，生理性別已經決定了社會性別，是無可更改的，何況在這樣一個年代，資源的分配幾乎已經固定，向上的路幾乎已被封死的情況下，一個女人想要通過事業獲得成功何其難也，唯有做女人才是其本分。在閻眞這裡，做女人實質等於做年輕貌美的女人，因爲只有年輕貌美才是女人得以交換的資本，而年輕貌美必定會隨著時間而流逝，因此，才「幾乎就是一個預設的敗局」。

柳依依起初以愛情爲信仰，不料遭到背叛，從此灰了心。對愛情的堅貞、執著，這是女人的事業之一，甚至可說是最重要的事業之一。通過愛情，她可以獲得自身價值的證明，也可以爲自己的將來求得一個保障——其實，作爲一種激情，愛情早晚會消退，改變它的因素是如此之多，世界的誘惑又是如此之多，而人的天性也注定了愛情是不會長久的。但是，這又似乎是閻眞爲女人設定的唯一一條路，那就是建立在愛情基礎之上的婚姻，漸漸轉化爲親情，這樣即便男人花心，改變，終究還是可以把握得住的。但，這也是將自身押寶一樣押在對方身上的一種做法，一旦失敗，其打擊可能是致命的。這一點上，苗小慧比柳依依看得透徹，她可以周旋於男友樊吉和薛經理之間而毫無道德愧疚，在青春將結束時又趕緊抓住了一個男人，懷孕並與他結婚

〔註22〕閻眞：《因爲女人》，人民文學出版社，2007 年。
〔註23〕同上，第 4 頁。

了。與柳依依相比，她「做女人」自然比較「成功」，原因在於，對愛情的信仰反而成爲了柳依依的束縛。一方面，苗小慧似乎是更積極主動地在把握自己的人生，另一方面，她卻更爲安於女性的本分——不奢望愛情，也不與男人爭強好勝。她知道丈夫在外面花，也不會去管，因爲睜一隻眼閉一隻眼反而清淨得多。這背後當有很多的無奈。這些曾經年輕漂亮的女人們的結局，要麼是像苗小慧一樣結婚，然後容忍；要麼是像柳依依那樣，結婚，不能容忍，還是要忍下去；要麼像阿雨那樣終身不嫁，哀怨到老。

小說暗含著作者這樣一個邏輯：年輕貌美是女人的價值所在，不年輕貌美，不僅男人看不起，連女人也看不起。吳安安生得醜便被宿舍的女孩輕視，原因在於沒有男人追求她。也就是說，女人的價值就是由男人決定的，這是男權社會的一個現實。然而，年輕貌美自身並不能產生價值，必須通過男性才能實現。「女孩最大的資本就是她自身，這是她們走向生活的捷徑，不利用就要走很長很長的路。」〔註 24〕而這利用，只能利用在男人身上。因此，除了交換，女性別無選擇。

但事實眞的如此麼？在喊了近百年的女性解放之後似乎又退回了過去，甚至連過去都不如。封建禮教對女性雖有眾多束縛，但也從另一方面保障了女性的權利。禮教存在幾千年的時間，自然有它的合理性在。有錢男子雖三妻四妾，正妻地位很高，除非犯「七出」之條，不會被休。且她還有期待，等兒子成人成才後，母親就有了出頭之日。妾至少有一個安身之所，有男人的供養。在這樣一個時代，女性似乎反而失去了保障。不利用自己的年輕和美貌，就得在現實中碰撞，也是處處爲難，正如前面分析的張欣等小說中所描述的那樣。而利用年輕和美貌呢，則一旦年輕和美貌消失，她們便什麼都沒有了。這其實是作者所討論的另一個核心問題，即在工商社會中，在關乎身體的交換問題上，女性究竟處於怎樣的一個位置。

娜拉出走後怎麼辦，這是魯迅早在小說《傷逝》及一些雜文中犀利地指出的問題。在社會沒有爲女性提供足夠的法律、經濟、職業支持的情況下，女性的出走與所謂自由是沒有根基的，並不能改變問題的本質。隨著改革開放的發展，隨著經濟的進一步放開，人們觀念也越來越開放，可以隨時隨地享受性的自由與美好。但是，同樣的享樂，男女的付出是不一樣的。柳依依和夏偉凱的前女友都曾爲他打胎，忍受身心的痛苦。而男女的雙重標準依然

〔註 24〕閻眞：《因爲女人》，人民文學出版社，2007 年，第 48 頁。

存在。郭治明自己曾有情史，卻對柳依依不是處女非常失望。柳依依認爲像宋旭升這樣沒有本事的男人應該順從著她，沒有權利計較她，誰知他對她不是處女也始終耿耿於懷。一面男人拼命地鼓吹女人自由，像柳依依的老師陶教授的那一套理論，而另一面，他們又抱持著傳統的觀念不放。什麼好處都想得到，又什麼權力都不願放棄，因爲這依然是一個男性爲主的社會。

金錢與年輕貌美的交換注定是不等値的，然而又同樣是個人的選擇。柳依依畢竟靠著秦一星的供養讀了研究生，找到了工作。人在付出得到的盤算中總要尋找一個平衡點。想要過輕鬆的生活又想要愛情想要婚姻的幸福，這樣的完美幾率很小。而交換又不僅是女人的身體與男人的金錢交換，男人也同樣想要通過身體進行交換。柳依依在網上認識的男碩士便是想與她做這樣的交換被她拒絕，這只能說，仍是雙重道德標準在作怪：對女人來說，身體的交換是順理成章的，對男人來說則似乎不那麼令人舒服。也就是說，柳依依們的自由仍有其矛盾處。作者對此只輕輕帶過，是因爲他並未看到事情的另一面，當下現實生活中，男人通過交換走捷徑的也並不在少數。

作爲男性作者，閻眞更爲理性和透徹，他看到了在這個全面商業化的時代，女性作爲商品的悲劇性所在，她們的舉步維艱與無可逃脫的宿命。而作爲男性作者，又難以放棄某種作爲男性的優越感，且未能將問題進一步深入下去。

閻眞小說中涉及到了男人身體的交換，林白在《飄散》中也有討論。在海口（這是 90 年代林白筆下商業發達之地，也是開風氣之先的地方），梅琚被一個臺商包養，李馬則被梅琚包養，追隨李馬而去的邸紅則被另外的男人包養。精神理想、文學追求終於被形而下的需求與物質的欲望所戰勝和取代。林白做著她獨特的緬懷。這也是林白對於她其餘小說中對女性性別意識過於強調的一種矯正。

文夕的一些作品則更深刻地揭示了男女兩性在商業社會中用身體作爲交換物的類似之處。《海棠花》中的墨雲做了香港周姓老闆的二奶，吃喝不愁，還在富鳳閣得了一套房子。白雪雖然長得老醜，卻是「情商」特別高的女人，會玩手段籠絡男人，所有和她有生意往來的男人都與她上過床，因此她的生意也做得風生水起。與此同時，男人們也在尋求「被包養」。又老又醜的朱杏包了落魄的演員、又高又帥又年輕的小高，後來被他騙去了很大一筆錢財。陳度跟了墨雲，費盡心機討好她，不僅嘴甜，床上也用足了功，甚至專門爲墨雲去學了按摩。後見墨雲沒錢，轉而百般討好白雪，妄圖獲得白雪的婚姻。

與女人的賣淫行爲一樣，男人也在尋找賣淫的機會。在金錢面前，男女似乎眞的實現了「平等」。

比起其她女作家來，文夕的深刻之處還在於，跳脫了男女的視角限制，看到了在這個畸形的商品社會，男女同樣的卑劣，同樣的沒有尊嚴，同樣的誰也談不上「高貴」。她借墨雲的口說出了這個殘酷的眞相：

> 女人有錢也一樣可以花天酒地，只是到現在爲止有錢的女人還不多。現在大陸有錢的人都是這十來年裏才發起來的，好多又都是從原來的權衍生而成錢的，可惜如今有權的有實權的有大權的，掌握著金庫鑰匙的大都是男人。所以外邊說：男人要發，掏黨庫裏的錢。女人要發，掏褲襠裏的錢。男人靠的是臺上風光，女人靠的是裙下春色。所以男人的錢不掏也是白不掏，反正也不是他們祖上帶來的，還不是大家主人翁的錢，誰都有份！所以女人也都得跟白雪學聰明些，別讓男人得了便宜，該拿錢的時候就不要手軟！不要上那幾千年前老夫子的當，什麼餓死是小，失節是大，放屁！這都是愚弄女人的。那些男人弄錢的時候不是比雞更不要臉！不要說給人當兒子、孫子，連洗腳水都喝！〔註 25〕

錢權色，是一條繩子上的螞蚱，男人女人都被捆綁著，無法掙脫。墨雲的角度雖是對男人的仇恨，從另一角度來說，又是作者對世事的洞見與悲憫。

男性的交換與女性的交換究竟相同否？男作家蘇童的《米》作了獨特的回答。與女性相比，男性的身體交換有其特別之處。五龍對馮老闆一家始終懷著仇恨，這仇恨與其說來自於性別的，毋寧說是來自於階級的、城鄉的。作爲一個產米地楓楊樹的農民，他以一種超乎尋常的熱情愛著米，愛到變態的地步。米就是他的生命，是他欲望的起點和歸宿：「每當女人的肉體周圍堆滿米，或者米的周圍有女人的肉體時，他總是抑制不住交媾的欲望。而他最大的怪癖便是與女人交媾之後，將一把米塞到她們的子宮中。」〔註 26〕

同樣是以身體作爲交換，從一個階級躍入另一個階級，五龍的變態與張愛玲《金鎖記》中曹七巧有相似之處，又有本質的不同。

首先，與女性的身體交換不同的是，男性的五龍對自己的身份異常敏感。他知道自己在馮家的地位。「他想，我是一隻光禿禿的雞巴，作爲一個飾物掛

〔註 25〕文夕：《罌粟花》，春風文藝出版社，1997 年，第 36～37 頁。

〔註 26〕蘇童：《米》，上海文藝出版社，2005 年，第 116 頁。

在米店的門上。」〔註 27〕這使他感到屈辱。但是，男性的天然優越感明顯佔據了優勢。在與織雲偷情後，他向著織雲的鹹菜缸撒了一泡尿。「你們家陰氣森森，要用我的陽氣沖一沖，五龍若無其事地提上褲子說，不騙你，這是街口的劉半仙算卦算出來的，你們家需要我的尿，我的精蟲。」〔註 28〕這讓人聯想起莫言《紅高粱》中的類似情節，不同的是，後者尿在了酒缸中，還令酒越發香醇，創造了一個神話。相同的是兩者的男根崇拜。沒有男丁的馮家必須要一個男人來支撐才能在社會上立足，因而，五龍的心態是矛盾的，他一面爲自己僅作爲性的存在而羞恥，另一方面，則又爲自己擁有男根而驕傲——他一無所有，僅有男性生殖器，這就讓他底氣十足，感到比馮家所有人都優越。而作爲交換物的女人則不同。若僅僅將其視爲生殖器，視爲子宮和乳房，這對她來說並不是什麼光彩的事情，她從來就沒有因此驕傲過，相反，這是她的累贅是她的牢獄。

女性在交換中喪失了主體性，成爲了物。而在《米》這個故事中，五龍卻在努力地尋找自己的主體性，他很快成爲米店的主人，並獲得了在米店之外的更大成功。交換後的女人只需要做好自己的本分便可被供養，但社會對男人的定義令他不斷去改變自己的處境。曹七巧唯一能做的就是等待，等待那些該死的人死去，才能滿足自己對金錢的欲望，而五龍立刻就霸佔了米店。

曹七巧、柳依依等始終困惑於情感，她們無法將自己的精神與肉體徹底割裂開來。但是，作爲男人的五龍卻始終很清楚，餵養他的不是感情而是仇恨。從他達到碼頭的第一天，因爲一塊鹵肉不得不叫人爹的那天起，仇恨就已經深植。他以仇恨爲自己的營養，並教給別人用仇恨過活，包括他的兒子，包括一個陌生的年輕人。女人在他從來只是一個物。在米店一家中，織雲一開始就對他很好，給他買鞋，後來與他偷情，但這些都無法減弱他的仇恨。他對織雲沒有一絲感情，後來炸死的呂家人中就有織雲。女人在他眼中只是肉體的存在，只是他進入城市的一個工具。與鄉村相比，城市更女人化。女人的肉體甚至成爲城市的標誌。茅盾《子夜》中高老爺子一進城市便被女性的大腿晃暈了頭，對於五龍來說，認識城市也是從女人開始的：「女人就是穿這種鵝黃色的多情動人的衣物，她們的乳房堅挺，腰肢纖細綿軟，放蕩挑逗

〔註 27〕蘇童：《米》，上海文藝出版社，2005 年，第 96 頁。

〔註 28〕同上，第 73 頁。

的眼睛點燃男人的欲念之火。」〔註 29〕女人是物，是欲望對象，是外在於他的存在，不可能侵入他的生命，也不可能損害他完成作爲男人的大計。對他來說，米遠比女人重要：「他覺得唯有米是世界上最具催眠作用的東西，它比女人的肉體更加可靠，更加接近眞實。」〔註 30〕

作爲一個男性作家，蘇童無需強調性別，然而他的性別意識卻是顯然的。織雲與綺雲，一個是妖精，一個又實在並不可愛。小說中，只看到男性的欲望的蒸騰而看不到女性的主體性。

還有一種交換更爲極端，以傅愛毛發表於《小說月報》2006 年第 7 期，獲 12 屆百花獎的作品《嫁死》爲代表。所謂「嫁死」，按照傅愛毛的解釋，「說白了就是採取欺騙的手段，暫時地嫁給一個下煤窯的男人，等他在礦難中死掉了，自己輕而易舉得到一大筆賠償金，然後就可以吃香的、喝辣的，衣食無憂地過日子了。」除了傅愛毛的小說，另外也有作家寫到同樣的主題，如原文小說網署名野墨的《嫁死》。這些故事雖不是女性立場的，但背後卻有很多東西，與女性的性別優勢有關，也涉及人性深處的東西。

《嫁死》講述的是米香的故事。米香與米夏是同一個寨子的女孩，外貌長相相差不大，命運卻迥異。米香嫁人後生了一個傻兒子皮娃子，母子被丈夫拋棄，生活很艱難。米夏嫁給了一個礦工，丈夫死在礦難中，她得了二十多萬，在縣城買了小洋樓，改嫁給一個開車的，日子過得很滋潤。萬般無奈的米香也決心走上嫁死這條路，於是嫁給了又老又醜的礦工王駝子，一心盼著他死。隨著時間的推移，王駝子對米香母子一心一意的好漸漸感動了她，讓她對王駝子產生了眞感情。誰料此時王駝子查出了肝癌晚期。善良的王駝子決心死在煤礦，以命換錢，爲的是米香母子在他死後能過上更好的日子。於是，他故意製造了煤礦事故死了，米香很後悔，煤礦賠的二十六萬，她一分也沒取，一直掛在煤礦的賬上。

這是一個很感人的故事，敘事很細膩，將米香情感的變化一點一點表現出來，水到渠成的。特別是米香內心的掙扎，愛與悔恨的交織，寫得歷歷在目。最後也以米香放棄了賠款而獲得了道德的完善。

但故事也相對簡單化了，忽視了背後許多值得追問的東西。這個交換的特殊性在於，交換的雙方是身體與金錢，而條件卻是男人的死。其中就涉及

〔註 29〕蘇童：《米》，上海文藝出版社，2005 年，第 38 頁。
〔註 30〕同上，第 68 頁。

關於生命的基本價值的問題，也最大限度地挑戰了倫理與人性。在這一交換行爲中，男人無論知情與否都是極其可憐的，他直接地成爲了貨幣本身。而女人在這交換中，所付出的表面看來只是身體，實質卻是其作爲人的最基本的善，最基本的底線，而這是難以衡量的。遲子建小說《世界上所有的夜晚》中也講到「嫁死」。烏塘事故多，下井的礦工死亡後家屬得到的賠償金也增多了，於是有許多窮地方的女人覺得這是發財的好門路，就跑去烏塘，嫁給那些礦工。她們給自家男人買了好幾份保險，不爲他們生養孩子，單等著他們死，這樣的女人被稱爲「嫁死的」。「嫁死的」在烏塘是被人看不起的，史三婆賣六塊的敵殺死賣給「嫁死的」非要九塊；蔣百嫂不賣油茶麵給「嫁死的」，爭執起來，打掉了她的兩顆門牙；礦工劉井發得悉妻子是來烏塘「嫁死的」，將她暴打了一回，還砍傷了當初的介紹人。無論如何，人們都應該保持他們的基本判斷——生命的價值應超越於金錢之上，人不能沒有起碼的良知。

將身體、情感和良知等稀缺的資源來交換貨幣，這看起來是非常不對等，但是，事情又有另外的一面。「假如買賣數額巨大，貨幣價值便具有一種稀有性，對人性價值的壓制和剝奪也就因爲這種方式的換取而變得微不足道。在非常大的數額下，貨幣價值便具有一種稀缺性，爲貨幣價值蒙上更個性化、更不可混淆的色彩，使它更成爲人格價值的等價物。」〔註31〕對處於極度貧困毫無希望的女性來說，「嫁死」是她們改變命運、踏入另一個階級的捷徑。二三十萬對於她們就是極度稀缺的資源，是她們靠勞動幾輩子都無法掙來的。當一個社會丟失了它起碼的公平，堵塞了所有向上的路，人的淪落便顯出更多的不由自主。在「嫁死」故事中，人物都有其可憐之處，無論男女。這應是從人性高度的一種反思，而不只是道德層面的批判。

〔註31〕〔德〕西美爾著，顧仁明譯、劉小楓編：《金錢、性別、現代生活風格》，學林出版社，2000年，第79頁。

第五章　種族、階級和性別——嚴歌苓小說的新視角

當我們使用女人這一概念的時候，常會覺得過於籠統，女人和女人的處境是如此不同，有時遠遠超過男女之間的差異。這是因爲，女人除了性別之外，還有其它的身份，比如階級和種族，這兩個身份對其處境的影響尤其重大。

美國黑人女權主義者早已發現，「作爲黑人婦女，由於我們的性別、種族、階級以及關於兩性的傾向，我們承受著壓迫。……爲黑人出版的作品、爲黑人婦女出版的作品以及出版的關於黑人婦女的作品，其數量是微不足道的。相反，種族主義者和性別歧視的陳詞濫調卻永久存在，直到現在還未有人向它提出挑戰。」〔註 1〕美國一些黑人女性主義者寫作了關於女性的小說，提醒人們注意性別與種族問題之於女性的影響，如艾利斯・沃克的作品《紫色》，小說所講述的黑人婦女被父親強姦，孩子被賣等悲慘經歷便具有典型的特徵。在中國當代的女性寫作中，這方面涉及較少。

另一方面由於 1990 年代以後的女性寫作主要面對的是城市讀者，加之消費文化的影響，女性小說中較少關注農村女性、打工妹等，而後者由於生存環境和教育所限，也較少爲自己發言〔註 2〕。正如劉納先生在《顛躓窄路行—

〔註 1〕黑人婦女會話團體《黑人婦女對話》，伊格爾頓《女權主義文學理論》，胡敏、陳彩霞、林樹明譯，湖南文藝出版社，1989 年，第 145～147 頁。

〔註 2〕「打工文學」中有對下層女性生存的關注，如鄭曉瓊的詩歌，陳秉安的報告文學《來自女兒國的報告》，安子《青春驛站——特區打工妹寫眞》等，相較於喧嘩的都市女性寫作，聲音顯得極其微弱。

一世紀初：女性的處境與寫作》中寫到的，在 1900 年的中國，滿清朝廷的最高統治者慈禧太后的命運不可能與貧苦婦女的命運相同。「人們常引用白居易的詩句『爲人莫作婦人身，百年苦樂由他人』（《太行路》），而清人詩句『作婦莫作窮人家』（鄒在衡：《縫窮婦歎》）則更能使人生發感慨。」〔註 3〕當所謂中產階級和白領女性在爲如何購得高檔商品而苦惱時，下層女性可能正在爲明天無米下鍋而哭泣。

任何形式的歧視和偏見，都將影響作家對於人類命運認知的深度，並對其寫作造成某種形式的禁錮，因而，談到女性問題，不能忽略種族和階級的問題。嚴歌苓由於旅居海外的經歷，視野相對開闊，她的小說提供了另外的視角，她講述的是日本戰敗後被賣給中國人生孩子的多鶴的遭遇，是一些中國人爲了國籍嫁到海外的艱難生活……自然，種族問題又常常與階級問題絞纏在一起。對她的作品的考察，是對中國當代女性小說寫作研究的一個有益補充。

第一節　小姨多鶴：作爲子宮和乳房的異族女子

《小姨多鶴》可說是嚴歌苓最優秀的作品之一，它講述了日本女子竹內多鶴慘烈的遭遇。1945 年日本戰敗，對於中國人來說是一種幸運，然而對於從日本到滿洲國「墾荒」的人來說，則意味著噩夢的開始。16 歲的少女多鶴目睹了代浪村人全體的自殺，有一家人的鮮血凝在一起成了透明的巨大血球。然後是艱辛的逃亡，逃亡路上大多數人死去了，有的母親親手掐死了自己的孩子。幸存下來的多鶴被賣給一個姓張的人家，爲他們傳宗接代。之後，經歷了幾次生育，被棄，如火如荼的政治革命，終於頑強地活了下來。

小說寫的是一個女人的命運，背後卻是種族的民族的仇恨。在戰爭和混亂的年代，女人尤其不幸，因爲除死亡外，她們還面臨著被強姦的遭遇。不管是八國聯軍侵華還是日本的侵略，中國很多婦女都遭到了侮辱，這在史料中有大量的記載。或被強姦，強姦後被虐殺，或者爲逃避強姦或不堪忍受侮辱而自殺……此時，女人的弱者身份顯得尤其突出。日本戰敗後，在中國的日本婦女也面臨同樣的命運，這也是代浪村人自殺的原因之一。多鶴等十多個少女被鬍子劫持，只是還沒來得及享用。而她被張良儉（後改名爲張儉）

〔註 3〕劉納：《顛躓窄路行——世紀初：女性的處境與寫作》，作家出版社，1995 年。

家買來生孩子，比起被鬍子蹂躪似乎好那麼一點點，但本質是相同的——與張儉的性交也是違背她意願的，只是爲了滿足活下來的欲望。

多鶴說自己只是被張家當作子宮和乳房，這是一個異常清晰的認識。子宮和乳房，是千百年來女性之所以成爲女性的最大價値所在——她們常常只是作爲生殖工具而存在，這是她生理性別所決定的，也是文化所賦予的，是她們的本分。多鶴一家並不把她當人，他們在玩笑中透露了潛意識的想法：「只是買個日本婆來生孩子，生完了就打發她走。」〔註4〕後來張儉也的確這樣做了。在多鶴生了丫頭和一對雙胞胎之後，有一次遠遊，他趁機扔掉了她，而她憑著母性的本能歷經千辛萬苦才終於回到了家。

雖然只被當作生殖工具，這讓多鶴感到受了侮辱，但是，她有她自己的打算。在一夜之間失去了所有的親人之後，「世上沒有多鶴的親人了。她只能靠自己的身體給自己製造親人。她每次懷孕都悄悄給死去的父母跪拜，她肚子裏又有一個親骨肉在長大。」〔註5〕她自認爲她與親人之間的血緣關係是任誰也無法離間的：「她們眞正的親人是她們自己生出來的人，或者是把她們生出來的人，一條條的產道是她們親情來往的秘密隧道。她和丫頭有時候對看著，忽然都一笑，她們瞞著所有人的一笑，小環是沒份的，連張儉也沒份。」〔註6〕因而，從這一角度來說，這又是女人的性別優勢，是多鶴在世上唯一的依恃。而生育，也顯示了它原始、蠻荒的、充滿象徵意義的一面：

> 多鶴哪裏還像個人？整個山坡都成了她的產椅，她半坐半躺，一手抓緊一棵松樹，狂亂的頭髮披了一身，大大張開的兩腿正對著山下：冒煙的高爐，過往的火車，火紅的一片天，那是鋼廠正在出鋼。〔註7〕

這是一個高大的女人形象，更是一個瘋狂的雌性形象。它如此不顧廉恥沒有尊嚴，卻又是如此嚴肅如此莊重。最爲工業化的產鋼場景與最爲原始的生育場景輝映在一起，形成了奇特的景觀。面對這樣的景觀，誰能不肅然起敬呢？

乳房和子宮，是多鶴充當的唯一角色，也是她唯一的優越性所在。她靠著它活下來。在被棄之後，二十一天的流浪多鶴瘦得只剩下一把骨頭，她回到家中做的第一件事就是給兩個孩子餵奶：

〔註4〕嚴歌苓：《小姨多鶴》，陝西師範大學出版社，2010年，第18頁。
〔註5〕同上，第60頁。
〔註6〕同上，第65頁。
〔註7〕同上，第67頁。

> 多鶴一再把乳頭塞進大孩二孩嘴裏，又一再被他們吐出來。她的手乾脆抵住大孩的嘴，強制他吮吸，似乎他一直吸下去，乳汁就會再生，會從她身體深層被抽上來。只要孩子吮吸她的乳汁，她和他的關係就是神聖不可犯的，是天條確定的，她的位置就優越於屋子裏這一男一女。〔註8〕

這是多鶴慘烈的命運。他們將她僅僅當作子宮和乳房，她也只能將自己當作子宮和乳房。她以此爲恥辱，也以此爲榮耀。

在張儉和妻子小環以及周圍中國人的眼中，多鶴只是一個異族女子，一個「他者」。她只是很怪：她那深深的鞠躬，每天抹得鋥亮的地板，一家熨得平平整整的衣服，都在提醒她的異族身份，然而，也就僅止於此。他們不能理解也沒有耐心去理解她的內心究竟渴望什麼，需要什麼。張儉與小環如同一體的愛是多鶴插不進去的，中日民族之間的仇恨更是橫亙在他們之間的一座大山。日本人在中國作惡且不說了，小環失去孩子失去生育能力便是因爲被幾個酒醉的日本兵追趕所致。若沒有那個開頭，便沒有之後，多鶴就像是代替她的同胞來贖罪的，張儉與她同房時也常懷著報復的心理。

然而，狹隘的民族仇恨終於在多鶴身世揭曉之後在這個家庭中突然消解了。多鶴曾經在紙上寫的「竹內多鶴，十六，父母、哥、姐、弟、妹亡」已對張儉有所觸動，當她對小環講述了她悲慘的遭遇，小環又講給張儉聽之後，事情發生了逆轉。這個被仇恨著的日本婆，原來如此可憐。他們被人類共同的苦難深深地打動了。這時，我們就會發現，人性關懷遠超越於性別的、民族的矛盾之上，這恰是中國作家缺乏的，嚴歌苓在這裡顯示了她的視野。當多鶴被看作一個人而不僅是生殖工具之後，張儉才熱烈地愛上了她。這是一種同情，更是一種平等，愛只能產生於這一基礎之上。

> 他奇怪極了，過去只要是日本的，他就憎惡，多鶴身上曾經出現的任何一點日本儀態，都能拉大他和她之間的距離。而自從知道她的身世，多鶴那毛茸茸的後發際和跪姿竟變得那樣令他疼愛！他在這兩年時間裏，和她歡愛，和她眉目傳情，有一些剎那，他想到自己愛的是個日本女子，正是這樣剎那的醒悟，讓他感動不已，近乎流淚：她是他如此偶然得到的日本女子！他化解了那麼大的敵意

〔註8〕嚴歌苓：《小姨多鶴》，陝西師範大學出版社，2010年，第87頁。

才眞正得到了她，他穿過那樣戒備、憎惡、冷漠才愛起她來！〔註 9〕

由強烈的仇恨轉化爲強烈的愛，原因都在於多鶴是個異族女子。因爲異族女子而不瞭解，因爲異族而覺得這愛與眾不同——後來小彭對多鶴的愛也有這層因素在裏面。也只有通過人類共通的苦難和理解才能夠穿越仇恨、戒備和憎惡，建立起眞正的愛。

小說中小環和多鶴可說是完全不同的兩類人。小環的生存哲學就是「湊和」，這也是大多數中國人的生存哲學，只要有一口飯吃就能湊和下去。而多鶴則總是要求完美：「按多鶴的標準，事情若不做得盡善盡美，她寧肯不做，小環卻是這裡修修，那裡補補，眼睛睜一隻閉一隻，什麼都可以馬虎烏糟地往下拖。」〔註 10〕多鶴就在小環的湊和中湊和了下來，而小環也在多鶴的不湊和中湊和了下來，漸漸習慣了鋥亮的地板，熨燙得平整的衣服以及用肥皂洗腳等多鶴的不湊和要求。正是多鶴的天眞純淨和小環的善良寬厚維護了這個奇特的一夫多妻家庭，是很難用女權與否來框定這兩個女人的，因爲她們都是內心有力量的人。

嚴歌苓在對竹內多鶴故事的講述中，爲我們提供了思考女性問題的一個新角度。在戰爭動亂的年代，作爲生殖工具的女性和作爲異族人的女性，她們遭遇了什麼？而與此同時，人與人之間是怎樣一步步從陌生走向瞭解、體諒，人性的善究竟有怎樣的厚度與深度，都是她想要告訴讀者的。而對戰爭，對時代的惡，對中國文化的反思，則是這部作品更深一層的意蘊。

《金陵十三釵》除了講述戰爭中女人所經受的驚恐、侮辱之外，還涉及兩個階級的對立：一個階級是家庭條件優越的教會女生，一個階級是一無所有，只有自己的身體可憑靠的妓女。除了經濟之外，對於女人來說，名譽也是區分等級的重要條件，因爲名譽在某種程度上就等同於社會地位，好名聲才能給女人換得好的歸宿。教會女生是乾淨的，高貴的，而妓女是不潔的，低賤的。

然而戰爭卻使她們平等了。因爲在生理上她們是一樣的，對於沒有人性的入侵者來說，所有的女人都不過是泄欲工具。女孩們從玉笙的嘴裏知道了這一點之後，她們才眞正產生了恐懼：

恐懼不止於強暴本身，而在於在強暴者面前，女人們無貴無賤，

〔註 9〕歌苓：《小姨多鶴》，陝西師範大學出版社，2010 年，第 138～139 頁。

〔註 10〕同上，第 292 頁。

> 一律平等。對於強暴者，知羞恥者和不知羞恥者全是一樣：那最聖潔的和最骯髒的女性私處，都被一視同仁，同樣對待。〔註11〕

女人是什麼？社會賦予女人各種各樣的身份，她們有高低貴賤之分，但是，從本質上來說，她們又僅僅是女人。丟棄了所有外在的文化的、社會的粉飾之後，她們只剩下生理性別，此時，女學生和妓女都面臨著同樣的被強姦被蹂躪的危險。在共同面對了日本人的搜查、騷擾之後，她們已經漸漸互相有了體諒。小說最後，十三個妓女扮作女學生去給日本人唱詩，去替她們受辱。十三個妓女由此閃現了生命中最亮的色彩——不止在於她們的仗義，更在於她們的勇敢和犧牲精神——她們是準備拿命去拼的。

小說中種族的歧視也是明顯的。「法比・阿多那多長在揚州鄉下，對付中國人很像當地大戶或團丁，把他們都看得賤他幾等。英格曼神父又是因爲阿多那多沾染的中國鄉野習氣而把他看得賤他幾等。」〔註12〕到最後，全部的人都爲了求生，爲了糊弄日本人而站在了一起，人性的力量戰勝了所有的歧視和高低貴賤之分。

同樣寫受戰爭傷害的女性，海男《身體祭》講述的是一群慰安婦的命運。小說沿襲了海男一貫的詩性敘事，「我」既是小說中的人物也是講述者。「我」是一個英國女人，學藝術的學生，二戰爆發後，爲了尋找中國戀人熾燃而進入緬北，被帶入日本軍營。在此見證了一些隨軍慰安婦的身體故事，並將她們畫了下來。

在這裡，慰安婦們僅僅作爲性器官而存在，連生殖都是不被允許的，一旦發現懷孕，就要被強行墮胎。中國東北女人李秀貞就因被強行墮胎而瘋狂，後又因反抗軍醫的檢查而被槍斃。日本女子貞子也被墮胎，妹妹貞玲則通過跑步而自行墮胎。在戰爭這樣特殊的環境中，女人是身不由己的，她們無法控制自己的命運，更無法掌控自己的身體。如果說李秀貞是被迫的，通過貞子和貞玲的故事，作者則反思了民族主義的可怕。貞子起先以爲自己會穿上軍裝，到了軍營才知道是用身體爲士兵服務。她抱著對愛情的幻想，最後在菊野子的調教下決心徹底爲帝國服務，並因流產後仍堅持爲士兵服務而導致大出血死亡。貞玲也是類似的命運。這些女性，在身體被奴役的同時，精神也被奴役了。

〔註11〕嚴歌苓：《金陵十三釵》，金陵十三釵，江蘇文藝出版社，2010年，第1～58頁。

〔註12〕同上。

然而，海男似乎又想得更深一些。當女性爲男性用身體提供服務的時候，這些男人將要面對的則是獻出生命。他們一樣不由自主。所以，常常，強迫抑或愛，抑或同情是界限模糊的，陷入那樣一個情境，就像是被引入一個迷宮，充滿危險，也充滿誘惑。正如「我」本來有幾次機會離開卻一再放棄，就如「我」同日本軍官三郎和島野的感情一樣——愛或者不愛，不可能做到涇渭分明。在島野死後，「我」也當了慰安婦。第一夜，因爲一個喝醉的男人，「我」得以保全。第二夜，我無法拒絕一個士兵，因爲他說第二天他就要上戰場，就要死去，「我」無法拒絕一個將要死去的人。

> 就這樣，面對這樣一個決心前去赴死的男人，我改變了恪守自己的立場和身體防線，就這樣，我把我的身體交給了他，一個陌生人，一個今生今世也不知道是死了還是活著的男人。〔註13〕

在海男這裡，人性的向度是多維的。在戰爭面前，種族是平等的，不管是中國女人、日本女人還是英國女人，她們都僅僅是女人，僅僅被當作性器官使用。但男女此時也達到了另一意義上的平等——女人獻出身體，男人獻出生命。

第二節　被賣或賣身：優勢與陷阱

嚴歌苓小說較多涉及階級問題，被拐賣的潘巧巧，爲了改變國籍和物質條件而遠嫁國外的女人們，身體是她們唯一可以憑靠的，是她們的優勢所在，也是她們掉入陷阱的根源。

《誰家有女初長成》中的潘巧巧，生長於四川偏僻的鄉村，到深圳打工是她最大的夢想，卻不料被拐賣到西北的山窩窩裏。按照大眾傳媒的講述方式，潘巧巧被大宏、二宏兄弟兩個享用，連她流產之後也不放過，於是潘巧巧揮刀殺死了兩兄弟。眞實的是，大宏也是受害者：花了一萬塊錢說的是明媒正娶，誰知道是被拐賣來的。他對潘巧巧的好也是眞好，並不曾有過暴力。而潘巧巧漸漸也比上不足，比下有餘地生活了下去。大宏一個月有一百塊錢的工資，是城市戶口，對自己一心一意，長得也人高馬大。巧巧所謂的兩兄弟共享，也只是因爲二宏是個傻子。在被殺的那晚，大宏還給巧巧抱回了她夢寐以求的大彩電。

〔註13〕海男：《身體祭》，江蘇文藝出版社，2008年，第216頁。

在這個故事裏面，潘巧巧、大宏、二宏都是善良的人，都是受害者。比起性別問題來，階級問題是更爲龐大的存在。對於鄉村姑娘潘巧巧而言，到深圳一天十四小時的流水線上工作就是她想像中最美好的生活，即便如同村姑娘慧慧那樣因爲勞累而爛掉了肺也不後悔。當她漸漸認命，準備好好過日子時，突然被二宏強姦，最痛苦的是被挫傷的自尊，是不被當人看待。「事情清楚得不能再清楚，所有的人——從曾娘、姓曹的，到大宏、二宏，全是串通好了的。他們全串通一氣，把巧巧化整爲零，一人分走一份。」〔註 14〕而在兵站的十一天，她被男軍人們眾星捧月地愛護著，還得到了劉合歡實心實意的愛，這些愛給了她快樂和尊嚴。與城市姑娘相比，潘巧巧們從一開始便被決定了命運，理論遠比現實空洞、宏大，卻毫無用處。兵站軍官金鑒認爲「是她從拒絕教育，因而變得愚昧、虛榮、輕信，是她的無知送她去任人宰割，送她去被人害，最終害人，最終送她去死的。」〔註 15〕他有斬釘截鐵的是非觀、法治觀念，卻不知道這樣的責任僅僅讓一個潘巧巧來承擔是太重了。金鑒的視角正是所謂知識分子或者都市人的視角，他們的盲區在於無法看到這些卑賤的人們面對命運所能知道的選擇是那樣少。

這個故事改寫了人們印象中的婦女被拐賣的模式，而給以更多思考的角度。也許有人會說，她美化了大宏這樣的角色。從這個故事裏看來，大宏是一個不知情者，他對二宏的愛和照顧乃是出於親情，並無違背常理之處。假如大宏是一個知情者，無法娶妻而只能用金錢買妻的男人們，也有他們的無奈。一是，性資源分配的不平等決定了他們只能採取買妻這樣一種方式；二是，教育不能給他們一種現代意義的人權平等等觀念，他們無法意識到這個問題背後深層次的東西；三是，作惡者或隱匿或強悍，他們卻直接面對被拐賣的女性的仇恨，正如潘巧巧殺了大宏二宏兄弟。因而，所有事情都不是單一的性別問題，背後有深刻的制度原因在。

作爲旅居海外的作家，嚴歌苓還提供了另外一些女性形象，即通過婚姻改變國籍和階級的女性們，如小漁（《少女小漁》）、五娟（《約會》）、海雲（《紅羅裙》）等。比起潘巧巧來，她們的選擇是主動的，她們利用了自己的性別優勢，但她們又陷入了新的困境當中。

〔註 14〕嚴歌苓：《誰家有女初長成》，《誰家有女初長成》，陝西師範大學出版社，2008年，第 1～86 頁。

〔註 15〕同上。

小漁爲了移民與67歲的意大利老人辦了假結婚。按照當地的法律，兩個月後才能分居，再有一年才允許離婚。小漁不得不在夾縫中做人：一面不能讓男朋友江偉誤會她與老頭眞有什麼，一面又不能讓老頭的女朋友瑞塔生氣，兩邊都得委曲求全。少女的清新善良使得老頭也慢慢「變好」了，變得寧靜、文雅了。然而，在殘酷的物質世界，善良是沒用的。老頭癱瘓在床，小漁卻不得不離開，否則江偉將離開她。(《少女小漁》)

小漁有著高大女人的胸和臀，有點豐碩和沉甸甸的，「都說女人會生養，會吃苦勞作，但少腦筋。」〔註16〕小漁的身上，也的確只具有「女人」的那些特徵：善良、能吃苦，有點愚鈍，好像誰都能占她的便宜。而她的清新美好卻照亮了老頭黯淡的人生，使他對她產生了父親般的毫無邪念的感情。

異鄉海外的生活，在嚴歌苓筆下更多體現爲人與人命運的共通之處。比如小漁與老頭、江偉，他們本是一個階級的人，在哪裏都是弱勢，卑賤的。相較於小漁的青春和健康，癱瘓在床的窮苦老頭更爲可憐，他只能獨自靜靜地等待死亡。

《約會》中，五娟是爲了十五歲的兒子曉峰遠嫁海外的，然而，新的丈夫卻不能容忍他們母子之間超乎尋常的親密感情，於是曉峰被送去了寄宿學校，她只能每周四與兒子約會。事情慢慢有了一種男女幽會的性質，充滿謊言和刺激。

有了兒子的女人，不可能再有任何感情超越她與兒子之間的感情。因而，她對丈夫的愛是有限的，這點，她自己也無能爲力。五娟爲了讓兒子有更好的生活而遠嫁，結果卻是母子在異國被隔離。她對那個不得不依賴的男人充滿了憤怒，卻又不能眞實地表達，那些話語，只能盤旋在她的心中：「你有五間大屋卻不容他落腳；你害怕他一天天長大起來，保護她的母親。你嫉妒母親和他的體己，你容不了他，是因爲母子的這份體己容不下你！你拆散我們孤兒寡母；仗著你有錢，你給我們一口飯吃？！」〔註17〕

最後的結果是兒子的背叛。看起來似乎是一個少年對家庭的背叛，實際是一個兒子對母親過於濃烈的愛的背叛。這一次，五娟徹底孤獨了。

〔註16〕嚴歌苓：《少女小漁》，《少女小漁》，陝西師範大學出版社，2008年，第1～20頁。

〔註17〕嚴歌苓：《約會》，《少女小漁》，陝西師範大學出版社，2008年，第81～101頁。

《紅羅裙》中，丈夫死後，37 歲的海雲靠著撫恤金和微薄的工資和兒子生活在一起：「但她常常想出國，出了國健將的沒出息、不學無術就會不那麼顯眼——海雲覺得，健將是讓親戚們的孩子給比得沒出息了，只要他一出國，將來回來，那就是另一番高低。」〔註18〕於是，她嫁給了 72 歲富有的周先生，改變了自己和健將的階級。然而，她們在這個家庭中是低人一等的，海雲和健將都不被周先生和他的兒子卡羅看在眼裏，家裏的一切都不是他們的。

周先生銀灰色的古堡將海雲深深禁錮了。她唯一的娛樂就是去逛衣服，買衣服，然後在家裏一件件地試穿。她看上了一件粉紅色的裙子，沒捨得買。健將逃學打工給她買了回來。健將對她的感情，有點兒子之外的曖昧。卡羅也漸漸迷上了她。她穿上紅羅裙的夜晚是一個高潮，她覺察到自己在他們眼中的美，卻又深知，三個男人，她一個都得不到。周先生喪失了性能力，健將和卡羅從這個古堡走出去將不可能再回來，外面的世界那麼大那麼好。「海雲看著鏡中的自己，以及鏡子折射出三個男人的神色。她明白自己是美麗的；她明白這美麗對他們是白白的一種浪費，同時也對他們是無情的一分折磨。」〔註19〕

被壓抑的欲望，被損傷的自尊，年輕的女人用青春做了古堡的殉葬。這交換是那麼明明白白，毫無溫情的掩飾。這是女人的性別優勢，陷阱卻是無窮無盡的孤獨歲月與暗自的凋零。

潘巧巧是爲了逃避祖祖輩輩的命定離開鄉村而被賣的，她的掙扎並沒能改變自己的階級，相反還拖進了兩個同樣無辜可憐的人。走向都市的鄉村姑娘，要麼在流水線上拼死拼活，求得基本的生存資料，相伴的是一身的病痛；要麼就是走向娛樂場所，出賣肉體。潘巧巧或許並不比她們不幸多少。遠嫁海外的女人們看起來是徹底改變了命運，但生存的艱辛仍然伴隨，幸福與否，如魚飲水。嚴歌苓小說提示了性別之外的階級這一重關係。

第三節　雌性的草地：特殊年代的女性

和當代許多女作家一樣，嚴歌苓也喜歡從歷史的縱深處去探究女性的命

〔註18〕嚴歌苓：《紅羅裙》，《少女小漁》，陝西師範大學出版社，2008年，第39～57頁。

〔註19〕同上。

運，探究生理性別和社會性別究竟造成了她們什麼樣的獨特處境。《雌性的草地》雖是寫於 1988 年的一篇小說，卻非常值得一提，因爲若要讀解嚴歌苓的小說，瞭解她對性別的認識，這是一部很重要的作品。

《雌性的草地》將背景放到那個特殊的年代：強調無性別的，理想化的年代。七個女子組成的牧馬班，在茫茫草原做著最不適合女性的工作，即放馬。一方面，小說名爲雌性的草地，將整個草原都以雌性貫通起來，萬物都通過生殖而欣欣向榮。而另一方面，這些女子們，卻又漸漸地改變了社會爲自己定義的性別。

她們漸漸學會了放馬，學會了在最惡劣的自然環境中生活，沈紅霞甚至征服了最烈的一匹紅馬。指導員叔叔在離開她們十個月後，發現一切都變了：

> 無論再近的距離，她們相互間講話也粗聲大嗓；她們喜歡敞開棉襖紐扣，喜歡把棉帽壓到眉毛而讓後腦勺露出，完全學著那些男牧工班的老痞子；她們使起柯丹那條會自行扭動的老皮鞭也像柯丹那樣擊得準；她們打起口哨比男人更婉轉、更俏皮、更刺耳、更流暢；她們講起某公馬被騸，某母馬發情，某馬駒是誰跟誰交配的雜種時毫不臉紅避諱；她們還學會了喝酒，偶爾也搶柯丹的煙袋抽幾口。〔註 20〕

草原的生活使她們變得男性化，也使得文化所賦予的女性定義發生了改變。這是一個宣稱「男女都一樣」的時代，她們被作爲標本，甚至在經營虧損的情況下也要將之維持下來。這很容易讓人想起人類學家瑪格麗特・米德所研究的存在於新幾內亞社會的三種不同性別模式，說明了制度或文化定義之於性別的重要性。〔註 21〕

通常的性別定義會隨著環境的改變而改變，然而，另一面，越是原始自然的地方，越容易激發人最本能的東西。雌性，常常被說成是非理性的，兇

〔註 20〕嚴歌苓：《雌性的草地》，陝西師範大學出版社，2008 年，第 142 頁。

〔註 21〕瑪格麗特・米德對新幾內亞社會三種不同性別模式的研究發現：Arapesh 人，無論男女，都嚴格遵守我們所謂的女性行爲規範。男女兩性都很順服、平和、恭敬，而且都樂於照顧他人，尤其是照顧兒童。而 Mundugumor 部落的男男女女都積極進取、獨立而有競爭意識。母親們並不樂於撫育下一代，幾乎不花時間照料自己的出生嬰兒。而且，她們很早就給孩子斷奶。Tchambuli 人的性別正好與美國社會相反：女性飛揚跋扈，具有性侵略性；而男性則被視爲嬌柔脆弱，需要穿上漂亮的外衣並且將自己的頭髮卷起來，以吸引女性的目光。（〔美〕朱麗亞・T・伍德，徐俊、尚文鵬譯：《性別化的人生——傳播、性別與文化》〔M〕，暨南大學出版社，2005 年，第 9 頁）

猛的，令人恐懼的。在草原上，母馬、母狗姆姆和女人們，有著共通之處——她們強大的生殖的能力，護犢的本能，以及堅韌的生命力是一致的。老狗姆姆唯一的功能就是生殖，生到生不動爲止。爲給小狗報仇，它甚至去了狼窩。柯丹背著人悄悄生下了與叔叔的私生子，「一個明媚的黎明，柯丹在體察胎內生命騷動的同時，看著老狗姆姆用雪埋葬了醜陋低能的崽兒。她與它對視了很久。突然有種不同種類的生命殊途同歸的覺悟。」〔註 22〕母馬生出小紅馬後，在虛弱中站起來：「紅馬看到火光映照下的母馬的樣子多麼威風多麼兇悍。它不惜恩將仇報，不惜以命相拼。與雌性的兇悍相比，剛才黑雄馬的狂暴勁頭顯得多膚淺，多沒來由。……紅馬感到柔與剛、慈愛與兇殘合成的完整的母性，是所有雄性眞正的對立面，是雄性不可能匹敵的。」〔註 23〕作者將萬物都置於母性的、雌性的意義之下。

小說中的女人們最終以自己的青春殉了高遠的理想。檔案弄丟了，整個班的編制都沒有了，她們相當於從來沒有存在過。最堅定決絕最高尚的沈紅霞失去了健康的雙腿，失去了視力；毛婭嫁給了當地的牧工，後來生了一群孩子。但是，她們那雌性的力量和理想主義的力量交織在一起，形成了極大的魅力，吸引了一個墮落的女孩小點兒。

小點兒不屬於牧馬班，她是一個異類，從小就懂得如何俘獲男人的心。她偷竊過，殺過人，和自己的姑父偷情。到了牧馬班之後，她內心那些美好的東西卻被激發了，懂得了肉欲之愛外的精神之戀。這是當代文學中一個非常獨特的女性形象，如同吉普賽女郎一樣美麗、邪惡，愛好自由。作者在自序中評價她：「小點兒是一個美麗、淫邪的女性，同時又是最完整的人性，她改邪歸正的過程恰恰是她漸漸與她那可愛的人性，那迷人的缺陷相脫離的過程。她聖潔了，而她卻不再人性。」〔註 24〕這是一個必然的矛盾。

牧馬班是那個年代的一個試驗，這個試驗的目的就是要證明女人可以和男人一樣。最後幾個女人都被指導員叔叔這唯一的男性誘姦了。作者認爲，「這個試驗以失敗告終。『性』毀掉了這個一度榮耀的集體。失敗告訴我們：人性、雌性、性愛都是不容被否定的。」〔註 25〕這是作者所要表達的中心。在她看

〔註 22〕嚴歌苓：《雌性的草地》，陝西師範大學出版社，2008 年，第 130 頁。
〔註 23〕同上，第 54 頁。
〔註 24〕嚴歌苓：《自序》，《雌性的草地》，陝西師範大學出版社，2008 年。
〔註 25〕同上。

來，性別差異是無法抹殺的，無論通過何種方式，最後也只能是失敗。

關於那個年代的女性故事還有《天浴》、《白蛇》、《灰舞鞋》等。正常的戀愛和人性渴望在特殊的年代被扭曲，《灰舞鞋》中十五歲的女孩小穗子因爲愛上二十二歲的邵冬駿而從此聲名狼藉。池莉《懷念聲名狼藉的日子》中也有類似情節。豆芽菜正常的愛美和戀愛被視爲不正經，事實上，她卻是內心最爲純淨的女孩。其中，敘述最平淡卻最令人觸目驚心的卻是《天浴》。

《天浴》中，知青文秀爲了回城和各式各樣的男人睡覺。「『我太晚了——那些女知青幾年前就這樣在場部打開門路，現在她們在成都工作都找到了，想想嘛，一個女娃兒，莫得錢，莫得勢，還不就剩這點老本？』她說著，兩隻眼皮往上一撩，天經地義得很。」〔註 26〕她是這樣天眞，將事情看得如此簡單又如此應該。哪個男人都關緊，哪個男人都睡，她睡得臭名昭著，漸漸失去了所有的尊嚴，卻依然沒能回城。

小說的結尾，老金在文秀的暗示下用槍打死了她，他將池子裏的水燒熱，將她放了進去，之後他也沒進了池水中。這個早年被仇家劁掉的男人，此時，「老金感到自己是齊全的」〔註 27〕。不齊全的老金向來不被文秀當男人看，而他恰恰是唯一從精神上關愛她的人。

與前面故事中的小漁、五娟、海雲等女人相比，文秀更爲可憐，她想去交換，卻不知道自己的力量有多麼微弱。她把自己的身體毫無保留地呈給那些男人，她的靈魂卻始終是聖潔的，因爲她的天眞。這些女人們的故事也說明了，無論時代如何變化，大多數時候，女人可以用來交換的，也只有她的身體，這是非常悲哀的。當然，她們也可以不交換，不交換又需要承擔不交換的後果。即便時代如何不承認男女的差異，但生理性別卻始終改變不了。她們不得不去面對雌性需要面對的一切。

第四節 也是亞當，也是夏娃

嚴歌苓在探討性別問題時，常常將一些問題推向極致，《雌性的草地》是將女性放置於完全不適合她們生存環境中，去考量性別會對她們產生什麼樣的作用。她強調了性別是天生成的，但又對此加以質疑，認爲性別邊界有時

〔註 26〕嚴歌苓：《天浴》，《天浴》，陝西師範大學出版社，2008 年，第 1～17 頁。
〔註 27〕同上。

是模糊的。她也有許多寫同性戀的小說，如《白蛇》、《魔旦》、《白麻雀》等。《白蛇》中，徐群珊在 19 歲時突然意識到自己同別的女孩子不一樣，原來性別是可以模棱兩可的：「我是否順著這些可能性摸索下去？有沒有超然於雌雄性戀之上的生命？在有著子宮和卵巢的身軀中，是不是別無選擇？……」〔註 28〕於是有了一段與舞蹈演員孫麗坤的愛情。女人之間的愛情之傷，終究還是要通過所謂正常人的生活來「治癒」，她們最後都分別結婚了，《白麻雀》中也是如此。

同性戀女權主義者批評異性戀主義，認爲異性愛充斥於文本之中，是對同性愛的忽略。在一個眞正多元的社會，異性戀、同性戀都應該得到寬容和尊重。對於同性戀女權主義者而言，這甚至是反抗男權的一種策略。

但是，從物種繁衍的角度來說，無論男同性戀還是女同性戀，都面臨著一個問題，即是走向極致的同性戀只能是人種的滅絕，因爲孩子必須由男人的精子和女人的卵子才能結合而生成，缺一不可。從科學的角度來說，男人可以借用女人的母體，女人可以通過人工授精。但是，一個生命的生育又遠不是那樣簡單的事情，因爲它包含著情感的投入，以及相應的倫理課題。《也是亞當，也是夏娃》所講述的就是這樣一個故事。

「我」（代號伊娃）是一個生活在海外的中國人，因爲與丈夫離婚走投無路，於是和一個叫亞當的同性戀男子達成了協議，爲他生育一個孩子，報酬是五萬塊錢。一切都進行得異常文明、科學而理性。亞當爲此在三年前戒掉了大麻，兩年前戒掉了香煙，戒掉了咖啡因和酒，這樣便成了一個半透明的乾淨的父體。接著他確定伊娃沒有任何的不良生活習慣，還給了她兩個月時間排除體內的咖啡因，以保證她是一個乾淨的母體。由是，通過一根沒有針頭的針管，他的精液注入了伊娃的身體。這是一個排除了所有情感、倫理因素的生育，如同科學實驗般精密。

在關於同性戀和異性戀問題上，兩人有著很深的隔閡和成見。他們曾經有過一段爭論，亞當不滿於伊娃說的「你們這種人」而憤怒反駁：「你們這種人又怎麼樣，自相殘殺，家庭暴虐！動物一樣本能地求偶，生孩子！沒有選擇地養這些孩子！你的前夫，他又怎麼樣呢？！」〔註 29〕伊娃的處境，正是

〔註 28〕嚴歌苓：《白蛇》，《白蛇》，陝西師範大學出版社，2008 年，第 1～39 頁。

〔註 29〕嚴歌苓：《也是亞當，也是夏娃》，《誰家有女初長成》，陝西師範大學出版社，2008 年，第 162～238 頁。

前夫的背叛造成的，所以似乎很難說異性戀就比同性戀高明多少。但是伊娃不服氣，她認爲同性戀更容易背叛，因爲沒有孩子的牽絆，亞當則認爲，這樣至少不會傷害到無辜的孩子，並且「我們可以有孩子」，就如同借用伊娃的母體一樣，這些問題早晚都不是問題。但人類的任何一種情感形式或者關聯方式，都不可能是完美的，都充滿矛盾。

作爲一個被 Dump（拋棄）掉的女人，伊娃有過幻想，她不願意只甘於做一個「母體」。「三年前的妄想使我在那些下午的湖灘上心情燦爛。我以爲他或許會背叛自己的類屬，孩子顛覆過多少命定？亞當多愛這個尚未面世的孩子，或許這份愛最終會納我於內。他的富有、英俊、智慧最終會有一個歸屬。我將依仗肚裏將加入人類的胎兒，誘他越來越深地走入人類大多數人設置的過活的模式。」〔註 30〕但是亞當明顯並不受此誘惑。

對於亞當來說，伊娃只是一個母體，清醒的伊娃也認爲，剪斷臍帶便意味著她與亞當協議的達成，一切從此結束，互不相欠。孩子菲比也曾牽動伊娃的心，使她產生了帶著孩子逃走的想法，最終生存的現實壓倒了一切。故事在伊娃離開之後似乎就應該結束。

然而，菲比在一次高燒後生病了，整個免疫系統紊亂。亞當不放心任何別的人來照顧菲比，於是他只得花高薪聘請伊娃回來照顧菲比。兩個人都在這個事情中陷落得越來越深。生一個孩子，永遠都不可能眞正做到科學實驗那樣精密、理性，而雙方不僅代表著精子和卵子。更致命的是，從此他們對任何別人的愛將不會再大於對孩子的愛。亞當說，有了菲比，就像隔著一個世界在和他們交往。可能你不信，我感到最親近的人，是你，你同我一個世界。」〔註 31〕而伊娃，也只能半心半意地與她的律師男友交往，最後不得不分手。

菲比死去，伊娃和亞當每隔三四個月都會一同去看望她的墓。兩人有了最親密的感情，而這感情不是男女性愛，也不僅是友情，儘管那個聯繫他們的菲比已經不在了。

小說最後，伊娃才知道亞當眞名就叫亞當，而伊娃也在認識亞當之後將伊娃做了眞名。亞當和夏娃，這兩個人類的始祖，從偷吃蘋果被上帝放逐的

〔註 30〕嚴歌苓：《也是亞當，也是夏娃》，《誰家有女初長成》，陝西師範大學出版社，2008 年，第 162～238 頁。

〔註 31〕同上。

那一天起，他們就注定了要共同去承擔懲罰，尤其是共同生養孩子。但作者想表達的也不僅僅於此。當同性戀走向極致時，仍需要解決生育的問題，而生殖又不只是生殖本身。這是對人類性戀形式較爲深刻的思考。

第六章　「女性氣質」與人性關懷
——以遲子建爲例

在當代女作家中，遲子建是最不強調性別的一個。她所關心的，是人類所共有的生老病死、愛恨情仇等普遍的感情。她溫和、低調，在兩性關係上，她更強調和諧與相親相愛，在兩性道德上，她更遵從於夫妻的信任、忠貞。她所營造的世界，明澈、溫暖，桃花源一般美好。遙遠的白銀那，偏僻的小鎮，廟會上的男人和女人們……她對於道德的期望也更近於古典的，傳統的。對於文學創作來說，有一個常被人們所忽略的問題，即寫什麼固然重要，怎麼寫，寫得怎樣才是更本質的問題。對於女性作家而言，堅持性別立場顯示了她們的政治訴求，然而對於文學作品來說，其表現的手法與藝術性更是值得關注的。

遲子建的藝術世界是完整的，她尤其擅長中篇小說的寫作，結構上往往給人意外之喜。如果說有所謂女性化的寫作，遲子建就應該是最典型的。她的悲憫、溫和、柔韌、細膩都頗具女性特質。雖然作品的「女性氣質」這一說法本身就帶有某種偏見，但我們不能否認男女兩性在表達上的差異。斯蒂芬・希思在《性的困境》一文中提出了一個有意思的悖論，即是否應該強調寫作中的性別問題。她的例子就是吳爾夫在《一間自己的房間》中的前後矛盾：一方面，吳爾夫稱讚作家多蘿西・理查森發明了「婦女的語言」、「女性的精神邏輯語言」，又在文章結尾處講到任何人在寫作時意識到自己的性別都是不幸的。理查森認爲這是吳爾夫的自相矛盾之處。我認爲，這其實是兩個問題：強調性別立場和藝術上的女性特徵是不同的，遲子建並不堅持性別立場，而她的作品，卻具有女性藝術特有的清澈、溫潤。

第一節　溫和的性別觀察者

與別的女性作家不同的是，遲子建很少涉及性別話題，更遑論尖銳的性別立場。但世界總是由男人女人構成的，在書寫中難免會透露作者寫作的某種傾向。遲子建的書寫，是「別樣」的，這別樣就表現在，在大多數女作家宣揚性別差異，追求女性解放的時候，她對於兩性問題的書寫始終平和而寬容，對愛情婚姻的思考也指向人類命運等寬廣的命題。

遲子建似乎更認同女性的傳統美德，如善良、忠貞、善解人意，等等。《舊時代的磨坊》中，紫燕是個孤兒，十多歲時，在被舅媽賣到妓院的當口逃到付奎元家，做了他的第四房太太。付奎元和大太太死後，三太太很快便改嫁，二太太與長工做著苟且之事，唯有紫燕守著寂寞的日子。這是一種傳統女性的忠貞美德。值得注意的是，在這背後，更有紫燕對自我的堅守。一面是她對付奎元的眞情，另一面更是她不願與世界的妥協。二太太病死後，她卻帶著二太太的傻兒子去了遙遠的鄉下。這個女人在濁世中一直保持了自己清潔美好，這不僅是對肉體的，更是對自己靈魂的負責任。而即便是對這種美德的認同，作者也並非淩厲地反對另一種道德，比如二太太的偷情在作者筆下並非爲了情欲的放縱，而是出於生育的本能，是爲了延續生命。

遲子建作品中，也有極少的對於女性命運的反思，如《秧歌》、《東窗》等。但這種反思並非控訴式的，而更接近於客觀的描述。女人們承受著命運，行著女人的本分。《秧歌》是一部值得注意的中篇。小說中女蘿和小梳妝似乎代表著兩類女性的兩種命運：傳奇和家常，普通女人和女名人。女蘿十五歲父親死掉，不久母親改嫁。她被王二刀強姦懷孕，她也就別無選擇地嫁給了他。生活如大多數女人一樣灰暗、庸常，養孩子，做家務，被丈夫打罵。小梳妝是秧歌戲的紅角，所有的男人都喜歡看她。有錢有勢的付子玉也看上了她，但他的女人很多，又總是走來走去。小梳妝一直等待付子玉回來，她沒有想到的是，等他回來，她已經老了。於是，她服毒自殺了。小梳妝與女蘿命運迥異，卻一直有所交織，像是被一種神秘的力量所牽扯，而這神秘的力量，也就是作爲女人的共同命運。女蘿幼時被父母帶去看小梳妝，被凍掉了腳趾，從此她不再去看秧歌。因此有了在中秋節獨自看花燈而被王二刀盯上的結果。小梳妝無法面對自己的年老色衰，於是在女蘿店裏買了砒霜。兩個女人最後的交集便是這神秘力量的顯現。

女蘿對王二刀的屈從，小梳妝的自殺，其實質都是對男權社會的屈從。強大的男權社會不會在乎女人是否性的受害者，相反他們甚至視女人爲蕩婦。王二刀走向月牙街（女蘿所在的街道）步子是從容不迫，心安理得的。有乘涼的老婆婆說，「這無賴，看他的臉不紅不白的」，便立刻有老婆婆反駁，「女蘿都不嫌臊，他臊的什麼慌呢。」〔註 1〕雖然作者並未刻意渲染女蘿受到的輿論壓力，但亦可以想見。於是，這個勇敢的女子將刀舉向了迫害她的、比她強大得多的男人，她所要求的，也只是讓他娶了自己。如果說，女蘿是因爲性的被害，那麼小梳妝則是自願的爲了愛。她苦苦等待，卻不料男人看重的只是女人的年輕貌美。小梳妝說，「我等了他一輩子，而他再回來時，我是一個老太婆了。」〔註 2〕但，這又似乎是無可抱怨的，因爲對方根本就不知道。小梳妝也沒有任何的抱怨，她說，「沒有薄情的男人，是有癡情的女子。」〔註 3〕因而，也只能自認了。女蘿的兒子會會出於好奇掘開了小梳妝的墳，他哭著說：「小梳妝一點也不好看，趙天涼怎麼會想她想死呢？」〔註 4〕這是一個孩子的困惑，卻又是一個新成長起來的男性的視角：年輕、好看，才是女人唯一的價值。

《東窗》故事也是對女性命運的反思。遲子建的反思永遠都是溫情的、淡淡的，與她的藝術世界形成渾然的整體。東窗之下坐著美麗的女人，如李曼雲，然而美麗也漸漸枯萎了。「我」從一個愛染指甲的女孩漸漸長大，被蘇應時看上，後來眞的嫁給了他，很快就生了孩子，女兒紅兒長到六歲，也喜歡東窗前的胭粉豆花。然後，「我」也老了。就是這樣，一天一天，一年一年。

> 我們那小鎮一如往昔地存在著，種地的，他就依然種著地；賣糧的，他也依然賣著糧；行醫的，也依然照顧著病人。小學校的學生畢業了無數，校長也換了幾屆，可鐘聲依然如往昔那樣沉悶、悠遠。
>
> 小鎮越來越古老了。〔註 5〕

婚喪嫁娶，生老病死，生命如緩緩的水流，其間上演著世俗的悲喜劇。女人和女人的戰爭，男人和男人的戰爭，男人和女人的戰爭，以及，男人女人在

〔註 1〕遲子建：《秧歌》，《遲子建中篇小説集第二卷・秧歌》，世紀出版集團 上海人民出版社，2008 年，第 1～56 頁。

〔註 2〕同上。

〔註 3〕同上。

〔註 4〕同上。

〔註 5〕遲子建：《東窗》，《遲子建中篇小説集第二卷・秧歌》，世紀出版集團 上海人民出版社，2008 年，第 172～217 頁。

命運支配下的無奈。楊學禮兒子楊小壯游泳淹死了，楊家愛吃肥肉的桌子上從此少了一個人。死去了妻子獨自拖著八個孩子的郭富仁在墳場上遇見死了丈夫的徐慢慢，兩個人墳場上定下終身，孩子們也就有了依靠。酒鬼倪滿倉愛打老婆，終於打得離了婚。之後他痛下決心戒酒，老婆又回到了身邊……平凡而瑣碎的人生，由遲子建細細道來，不評論，更無道德制高點，而是充滿了理解與悲憫。古老的小鎮，女人的命運與所有人的命運是聯繫在一起的。生就是這樣簡單的事情。

《香坊》的故事甚至會讓人覺得是反女權主義的。叛逆的邵紅嬌，穿男裝，放蕩不羈，被叔父打得流產。她愛上了救她的馬六九，從此回復了女兒身。馬六九揪著她的頭髮將她引到鏡子面前，對她說：「看看，你不是個男人！你得讓自己成個完完全全的女人！」〔註 6〕這便是她愛上馬六九的瞬間。從此，她也真的成了一個完完全全的女人，擁有女人的矜持、羞澀、本分。她安安靜靜地做著馬六九的妾，當他死去，她生下他的孩子之後便上了弔。在古典的情調中，作者緬懷的是某種恒久的東西。

在兩性關係中，作者認同的是堅貞、忠誠的品質。《觀彗記》、《第三地晚餐》、《踏著月光的行板》、《福翩翩》、《相約怡瀟閣》等小說都有對這種兩性倫理的讚賞。

《觀彗記》中，穿插了「我」的一個小故事：曾經在火車上遇到一個叫周方廬的男人，他愛他的妻子和孩子，令「我」頓生好感。「我」專程去他所在的小地方看他，兩人也只是喝茶聊天。對家庭的忠貞以及對他人情感的負責使得這段交往美好、真摯，如同彗星般短暫卻燦爛。《福翩翩》中，王蓮花因爲妒忌丈夫柴旺爲劉英買頸椎治療儀，一氣之下跑去了北山。在平常對她頗多照顧的王店懷裏痛哭時，她突然發現事情有點不對勁，王店對她的情感有了一點逾越。從此她再也不去北山拾樹皮了。

《第三地晚餐》是遲子建少有的寫都市生活的小說。心情的壓抑讓陳青與丈夫馬每文產生了隔膜。他每周末外出，她以爲他是去了她想像中的「第三地」與人幽會。爲了報復，她也每周末去外地，如同行爲藝術一樣，給素不相識的人做飯。都市人的孤獨、絕望、疲憊在遲子建筆下得到了深刻而細膩的展示。小說中的道德觀是清晰的，雖然不是用了斬釘截鐵的方式，而是

〔註 6〕遲子建：《香坊》，《遲子建中篇小說集第二卷・秧歌》，世紀出版集團 上海人民出版社，2008 年，第 57～114 頁。

慢慢呈現出來。兩個人並沒有眞正地背叛對方，只是產生了猜疑。冰釋前嫌之後，兩個人結合得更加緊密。

小說也凸顯了一個時代特徵，即大眾傳媒對於我們日常生活的滲透。陳青本來就是媒體中人，她的家庭似乎與媒體有不解之緣。獨臂的母親在嫉恨中殺死了偷情的父親和他的情人，一時間報紙、電視上鬧得沸沸揚揚。馬每文與陳青情感的轉折正是從這裡開始的。而陳青，也在無意中成爲了新聞的主角。都市生活就像是某報新聞的拼貼，其中上演著轟轟轟烈烈的悲歡，而內裏卻掩藏著普普通通的痛苦。

在複雜的現代生活中，遲子建並不追求那種人在物欲世界中面對各種誘惑的所產生的矛盾、衝突，她將這些淡化，只注意那些純粹的情感。你可以說她不夠深刻，但她鮮明的愛恨背後，是對一些恒常的價值的堅守。這，也使得她的作品呈現了異樣的風格。

第二節　普遍的人性關懷

除了兩性道德之外，遲子建更關心人的日常生活，他們對道德的堅守，以及人性的善惡交織。

一、傳統道德的堅守

白銀那在遲子建筆下是一個世外桃源般的世界，它立在世界一個很小的角落，地圖上也找不到，讓人懷疑它的眞實存在。晶瑩美麗的冰排走過，漁汛突然來臨。那是讓人充滿狂喜的漁汛，彷彿整條江的魚都湧到白銀那來了。全村的人都停止了日常工作，到江上去捕魚。在這喜悅之餘，卻有不幸的意外到來。七天七夜的苦戰後，春雨來了。電話線斷了聯繫不上魚販子，長途車也進不來，馬家的小店卻趁機把鹽價漲了數倍。魚開始慢慢腐爛，腥臭味彌漫，豐收的喜悅轉眼成了痛苦的折磨。鄉長的老婆卡佳進山找冰塊，卻被黑熊弄死。而此時，眞相也隨之揭曉：掐斷電話線，不叫魚販子進來的就是馬家的人。仇恨的氛圍在白銀那彌漫，寧靜的白銀那眼看著就要發生殺戮。然而，鄉長最終寬容了他們：「他們也是咱白銀那的人，我相信他們以後會變的——」〔註 7〕白銀那於是恢復了它的寧靜完美。

〔註 7〕遲子建：《白銀那》，《遲子建中篇小說集第四卷・世界上所有的夜晚》，世紀出版集團 上海人民出版社，2008 年，第 248～317 頁。

這個遠離世俗的地方，道德也在搖搖欲墜，它已經不可能保持它最初的純淨。馬家的人之所以會變得惟利是圖，正是因爲馬占山的老婆曾經生病，向白銀那人借錢，卻只借到了一點點，這讓他們心灰意冷。那通向外界的路和電話線如同一塊堅冰將柔軟完美如錦緞的白銀那劃開了縫隙。而作者卻用她的文字將這縫隙彌補了。她用諒解、寬容彌合了縫隙，讓那些痛苦彷彿從未發生過。這正是她夢想中的白銀那，她對純淨善良的人性世界的緬懷。而外來的女教師的視角，更提供了一種有距離的、觀察的目光，使得作品具有更豐厚的層次。

在地域之邊，她尋找著淨土。而浩瀚的草原也是她寄託道德理想的聖地。草原上的人粗莽、直率，卻眞誠、仗義。王子和的選擇本身就具有清晰的道德指向。他畢業後沒有留在大城市，而是去了齊齊哈爾的一個小拖拉機廠上班，失去了女友，娶了當地的姑娘曲蔓玲。王子和在出差的路上遇到一個叫阿爾泰的牧民，聽他訴說了自己經歷：他的母親掉進了冰窟，父親讓馬拖死了。善良的他娶了一個啞巴姑娘，因爲他知道，他若是不娶她，就沒有人娶她了。他的兒子朵臥想去北京參加歌手大賽，沒有經費，他這趟是準備去賣馬的。王子和借給了他六千塊錢。別人認爲王子和被騙了，說草原上很多這樣的人騎馬來去就是爲了騙人的。但不久，朵臥寄來了三千塊錢。原來他的父親在意外中喪生，而他在舞臺上怎麼都唱不出歌來了。(《草原》)

生命是如此坎坷，充滿苦難。但人們依然信守著他們心中的東西：忠誠、善良、正義。在廣闊的草原上，人的心胸也一樣放達、開闊。這是遲子建獨有的藝術世界，她剔除了可能存在的欺騙，而給以完全的信任。這便是其感人之處。

遲子建執迷於對這樣純粹美好的世界的描寫，也描寫經濟大潮中動蕩的鄉村道德。《花牤子的春天》如同一首舊時代的輓歌。在青崗這個地方，所有的男人都叫牤子。一個男人因爲從小就愛犯花癡，人們就叫他花牤子。花牤子曾經因強姦女人而失去了田地，被父親高老牤子帶去深山伐木，孰料樹木砸壞了他的生殖器，從此成了一個廢人。村子裏通電後，他買回了一臺電磨，遠近村莊的人都來磨面，曾被他強姦過的紫雲也來了。紫雲嫁給了一個跛子，還經常挨打。紫雲怨父母沒有把她嫁給花牤子，心情抑鬱，吃饅頭撐死了。花牤子精神又萎靡起來，左手被電磨絞碎了。高老牤子打破了電磨，死了。

村裏人都出去打工了，不放心家中的老婆，就讓花牤子幫忙監督。他監視著村裏幾個留下來的男人，催促女人們種地、下肥，男人們都很感激他。但是，過年時一個男人帶回了髒病，花牤子才知道男人們在外面鬼混，從此他再也不上心監督女人們了。第二年，男人們被欠了工錢，地裏的莊稼因為花牤子的不再熱心而荒了。奶牤子的媳婦寒蔥卻懷孕了。男人們將怨氣發泄到花牤子身上，將他暴打了一頓。花牤子只好去拾稻穗，而那些稻穗大多是空的。

花牤子有類似於魯迅的阿 Q 似的的惰性，但他又不僅僅是魯迅的阿 Q。他生於鄉野，旺盛的情欲不知如何發泄才是合法的。但他的內心，尚有基本的是非。比起那些抱持雙重價值標準的男人們來說，他的思維是簡單的，卻又是真正合理的。花牤子與紫雲的關係也有某種令女權主義者難以接受的東西。花牤子明明是對紫雲的性侵犯者，而紫雲怨的卻是花牤子沒能娶她。從邏輯來說，應是：紫雲被強姦、外嫁跛子、被跛子打、悔未嫁花牤子。其實，她受害的源頭應該是花牤子，而她卻始終恨她的父母，至死都未原諒。失去了性功能的花牤子像是農村道德的最後守護者，然而阻止不了道德的整體墮落，就像那些空心的稻穗一樣，他的努力是徒勞無益的。

二、善惡交織的人性

《五丈寺廟會》是遲子建小說中少有的帶著濃厚宗教意味的作品。生命的苦難、堅韌、緣分，在小說中呈現一派澄明。齊大鼻子的老婆金彩鳳被土匪抓去了幾年，他以為她已經死了，便把孩子過繼給了姨妹金彩珠。孰料幾年後金彩鳳又回來了。她的回來成為了多餘，連母親都問她為什麼沒有死。可她還眷念著自己的孩子和丈夫，於是在菩薩面前痛哭。眾生平等，不應該有分別心。但沒有人願意放走那隻烏鴉，因為烏鴉是不祥的鳥兒。只有金彩鳳為它放生，它才展翅高飛，在黑夜中形成了一種驚世駭俗的美。

善與惡，苦與樂，生與死，少年仰善與少女雪燈，使得小說有點許地山的味道。但還是不同的，它與遲子建其餘的小說一樣，仍然具有人間煙火味兒，有種對塵世的戀戀之情：在金彩鳳的後面，還跟著一個梁生米，也許他會和金彩鳳在一起的。在命運的安排下，萬物都能各得其所。

遲子建小說中，善與惡常常都有其自身的邏輯。在惡的對比中，善煥發出更為炫目的光彩。《西街魂兒》即是這樣的故事。北紅來的工程隊用炸藥炸石頭，驚掉了寡婦澤花嫂兒子寶墩的魂兒。要喊回魂，必須得要三張郵票，而且要是關內的郵票。澤花嫂好容易找到了兩張，還差一張就向小白蠟張以葝討，張卻說沒有，都壞了。張是北京寫劇本的，被下放到北紅縣分配到西街的二隊。徐隊長每天給她安排很多活做。

澤花嫂最後找到一張郵票，但不是關內的。寶墩的魂終究沒有回來，而澤花嫂也像是丟了魂一樣。徐隊長認爲是小白蠟的錯，因爲她吝嗇郵票才造成了寶墩的死。於是，她讓小白蠟去挑糞，並攛掇小白蠟的鄰居啞巴強姦她。啞巴終究沒有那樣做，幫小白蠟釘嚴了門窗然後出走了。因爲糞池多年累積的沼氣發作，小白蠟被炸死了。在收撿遺物的時候，徐隊長才發現郵票果然都被老鼠啃壞了。

對於外來者小白蠟，人們既崇敬又妒忌，人與人的隔膜、猜忌才是戕殺人性的罪魁禍首。而一旦猜忌被想像得越來越眞實，仇恨被煽動起來，作惡似乎便沒有了底線。但善卻始終未曾泯滅，小啞巴不曾強姦小白蠟，反而幫她釘上窗戶就是明證。

而善惡有時並非那麼涇渭分明，在人們的行惡中，也可能藏著某種難言之隱。《青草如歌的正午》便是這樣的一個故事。陳生有點癡傻，瘦弱的妻子去世後，他整天坐在門口用青草給她編縫紉機、包包等東西。木匠付玉成家有一個大頭娃娃，不被人待見卻得到陳生的關愛。付家想要扔掉孩子卻下不了決心，於是在一個夜晚，將陳生灌醉，將孩子扔進河裏，然後說是他所爲。

陳生的癡傻裏有著最純樸最善良的東西。他曾經一夜風流，睡過老陸家的女人，而被免去了一百塊錢的工錢。再見那女人，卻是切除子宮肌瘤之後的瘦弱，令他異常傷感，還託人給她帶去了半籃雞蛋。而付家扔掉付大頭，卻又實在出於無奈。遲子建對扔掉孩子的付家夫婦的描寫非常眞實，又極其含蓄：

> 付玉成回到家裏後便哆嗦在柴堆前。女人見他是一個人回來的，就把左手的小拇指塞進嘴裏，狠命地咬著，這時她的臉就變幻多端了。從眼裏流出的是眼淚，而從嘴裏流出的是血。付玉成見他的女人因爲咬手指而能流淚，就把手指也伸進嘴裏去咬，結果咬出的只是血，淚水仍然滿滿當當地淤積在心裏。女人一見丈夫如此悲慟欲絕，就把手指從嘴裏抽出來，然後去奪丈夫含在嘴裏的手指，夫婦雙方抱在一塊顫抖不已。〔註 8〕

〔註 8〕遲子建：《青草如歌的正午》，《遲子建中篇小說集第四卷‧世界上所有的夜晚》，世紀出版集團 上海人民出版社，2008 年，第 127～187 頁。

一個溺嬰的故事，在遲子建筆下充滿了人性的掙扎。付家夫婦並非惡人，他們只是不知如何面對命運的惡毒戲弄。他們對於陳生的行徑，是不道德的，但是從他們的角度來看，又實在無奈。而這段人物表情動作的描寫，將兩人痛苦無依的心情活脫脫表現了出來。

《鴨如花》是遲子建小說中很獨特的一篇，超越了一般意義上的善惡。逃犯因爲一次口角失手殺死了父親。他在被捕之前唯一的願望就是去給父親上墳。養鴨子的孤老婆子徐五婆決心幫他完成這個任務，而逃犯則幫不識字的她從丈夫的日記中查當年自殺的原因。此時，善惡的對立取消了，逃犯也只是個犯了錯誤的軟弱的人。而有一些所謂好人，卻做著壞事，如王明，竟爲了欺騙單位報銷醫藥費，讓徐五婆假裝幫忙做壽衣。逃犯完成心願被抓，他並非像自己所預演的視死如歸，相反在囚車上嚇得尿了褲子。逃犯發現她的丈夫是爲了花而自殺的。而此時，白褐色的鴨子守在囚犯的墳頭，也如同一朵美極了的花。

小說充滿了詩意。人性的善與惡，軟弱與堅強，對世俗的眷念與對美的追求，是共生共存的，似乎沒有什麼意料之外的事情。遲子建對人性的關懷是一種深刻的體諒和瞭解。她從不斬釘截鐵，從不死守某種成規。善惡只是一瞬之間，天使與魔鬼並沒有完全的界限。她始終相信的是人內在的善與美，正是這個使得小說具有一種難言的詩意。

第三節　詩性人生的書寫

遲子建的小說總是充滿詩性與靈性。她並不美化生活，並不只關心人性中美好善良的東西，相反，殺戮、死亡、人性善惡的鬥爭、卑微的生命角落，都常是她的關注點。但她的文字卻從不鏗鏘，不血腥，而是從最殘酷的死亡與最卑微的生存中提煉出詩意，使得她的藝術世界呈現一派女性的溫潤澄淨。

一、孩童視角與「原始」詩意

《原始風景》可說是理解遲子建小說很關鍵的一篇，她後來的很多創作都可以在其中找到源頭。小說一開始大段的抒情表達了她對「那塊土地」深情的眷念。與其說這是一部小說，不如說這是遲子建對自己的內心剖白。這塊土地養育了她，給以她最眞實的的體現，它是她創作靈感的源泉。「我十分恐懼那些我熟悉的景色，那些森林、原野、河流、野花、松鼠、小鳥，會有一天遠遠脫離我的記憶，而眞的成爲我身後的背景，成爲死滅的圖案，成爲沒有聲音的語言。那時或許我連哭聲都不會有了，一切會在靜無聲息的死亡中隱遁蹤迹，那麼，我的聲音將奇異地蒼老和寒冷。」〔註 9〕這「聲音」無疑就是她的表達，她的創作。遲子建是反工業文明的，她堅定清澈的道德感也許正來自於這片原始的土地。因而，她的大多數作品都是寫鄉村的，在都市中她感到的是困惑與不適應。「我背離遙遠的故土，來到五光十色的大都市，我尋求的究竟是什麼？眞正的陽光和空氣離我的生活越來越遠，它們遠遠地隱居幕後，在不知不覺中已經成爲我身後的背景，而我則被這背景給推到前臺。」〔註 10〕這是她對自己講述的懷疑，那片土地所提供的詩意與故事才是取之不盡用之不竭的。遲子建很多小說都可以在這篇中找到影子，比如關於白夜的描寫，對漁汛的講述等等。她的小說極具地域文化特徵。

小說由上下兩部，幾個小故事構成。「原始」是這篇小說的中心意象。這裡的「原始」既指自然風光的原始，也指人性的純美。它不僅僅代表著未開化、魯莽、蠻野，更代表著自然、純眞、詩意。姥爺的故事是《北極村童話》的翻版。他本身豐富的經歷就是無數的小說——這原始在他，是純樸、豐富，不事雕琢。他記憶中的繁華生活，紅妝綠裹的妓女、可怕的大水，紅色年代的遭際……是未進入作品中，未被「污染」的「原始」。「白夜」是「我」與二姨的微妙親情，「漁汛」則講述了金色草垛上的傻娥。「春天」的故事講述了以淘米聲爲背景的寡婦，「月光」洗濯的是父親的苦難，「大雪」裏則是一個老人將他愛過的女人在院子裏全部用雪雕塑出來……小說充滿了盎然的詩意。

這「原始」也並非眞的原始，而是被作者提純過的，賦予了詩意的原始，它顯示了遲子建的藝術追求。如「春天」一節，故事很簡單，只是一個寡婦的偷情和她漸漸的凋落。但作者以淘米聲貫穿始終。淘米是女人們最日常的活動，正如搗衣一樣，並沒有詩意。但，「長安一片月，萬戶搗衣聲」卻以月光之下的整體的氣勢和家常的煙火味兒而形成了審美。「我母親在陽光下淘米的時候另外兩戶的女主人也在淘米。淘米聲響成一片也就像一股春天的風聲

〔註 9〕遲子建：《原始風景》，《遲子建中篇小說集第一卷・原始風景》，世紀出版集團 上海人民出版社，2008 年，第 135～196 頁。

〔註 10〕同上。

了，我站在這股奇異芬芳的風中看著白花花的米湯像乳汁一樣四溢。」〔註 11〕淘米之外是吃野菜，這是一個熱愛著生命的女人。然而，她的兩個孩子相繼在一個月內因暴病猝死，她的情人也死去了。「而她卻孤獨地被拋在春天的河畔，她守著惟一的孩子，頭髮慢慢花白起來、稀疏起來，腳下卻漸漸地鮮豔起來，她駐足之地落英繽紛。」〔註 12〕遲子建善用色彩，豔極的色彩，卻是悲哀至極的心情。以春天萬物之繽紛寫傷痛，眞是好手。

遲子建對「原始」的提煉和詩化，也正是她所有作品的一個特點。她寫地域，寫白銀那，寫草原，都是一種詩性的昇華。藝術本就是想像的產物，她的作品閃耀著靈光。

少年人眼中的世界與成人迥異，因爲他們不懂人情世故，更不知生命的深痛巨悲，有時似乎更爲冷漠，冷漠中便透出殘酷。遲子建寫於 1980 年代的《北極村童話》、《沒有夏天了》，以及寫於 1990 年代的《原始風景》和寫於 2004 年的《草地上的雲朵》都用了少年的視角寫人生的美好與殘酷。

《北極村童話》的確有童話般的意蘊，它是遲子建寫故鄉的作品中頗有代表性的一篇。爲了躲避政治的風雲，母親將「我」送回了姥姥家。在寂寞與被忽略中，「我」認識了同樣寂寞的蘇聯老奶奶。在她的愛心、歌聲中兩個人建立了超越年齡的極其親密無礙的感情。然而，同樣因爲政治的原因，「我」被阻止與她在一起。老奶奶孤獨地死在家中，「我」也結束了童年，丟失了美麗的五彩項圈。而與此同時，卻看到了老奶奶在中秋之夜講過的北極光。

北極村在小說中是一個神秘的、純淨的地方，木刻楞的房子、美麗的黑龍江、晚霞和菜園、五彩的石頭項圈、神奇的北極光……這些意象共同構成了其童話般的意境。而其中那些或痛苦或悲哀的秘密，那永遠不知道兒子已經去世的姥爺，那肚裏有著無窮無盡故事的猴姥，尤其是那麼開朗熱情充滿愛心的蘇聯老奶奶，都將隨著童年的逝去而消失。但童年的記憶卻又永遠是最美好的，我們生命之初的憂傷與困惑都從此種下。時代的陰影始終潛伏，造成「我」和蘇聯老奶奶之間友誼的最大壓力。但是，作者也刻意淡化了那種陰影，而更多凸顯人性之美。當「我」去祭掃老奶奶的墳，看到奶奶：「她的臉繃得緊緊的，抽搐得像個乾皺的核桃，忽然，核桃變大了，她那乾巴巴

〔註 11〕遲子建：《原始風景》，《遲子建中篇小說集第一卷・原始風景》，世紀出版集團 上海人民出版社，2008 年，第 135～196 頁。

〔註 12〕同上。

的眼睛裏有了瑩瑩的亮色，水汪汪地閃著。」〔註 13〕文字非常含蓄，卻將被壓抑的眞實人性一點一點舒張開來。而小說最後，「我」的五彩項圈和那美麗的北極光，亦眞亦幻，更給以讀者藝術的想像空間。

《沒有夏天了》與《北極村童話》相比，氛圍則灰暗得多。成人世界的陰冷仇恨照樣會滲透到兒童的世界中。在一個充滿暴力、爭吵的家庭中，「我」的仇恨一點點滋長。如果說在醬缸裏放羊糞只是孩子氣的惡作劇，砍死山羊已顯示了「我」那濃重的復仇心理。而孩子的不被理解，或者孩子報復行爲的被放大，又進一步增加了她的仇恨。「我每天都盼望有稀奇事發生。我盼有人死，盼望著誰家的吵架聲頂得房蓋直顫悠，盼望著誰家的屋子會在一夜之間突然塌了，或者來一群大蟲子，把所有人的臉都蛀出大麻坑，然後人像糟蘑菇一樣地爛掉。」〔註 14〕一個夏天，「我」似乎見了太多：靖伯伯的假死，醜兒與王標的偷情，父親與母親的粗俗生活，母親與王標的偷情，二毛的死……正是成人世界的醜陋扭曲了「我」，生活是這樣的絕望與悲哀。父親死去了，一家三口寂寞地生活著。遲子建寫道：「不是陰天，天卻這般涼。樹葉簌簌的聲響彷彿受了風寒。那個火熱的日子裏發生的許多事，都悄悄地、悄悄地流逝、流逝了。」「我們一家三口人在這個早晨，都加了一件秋衣。」〔註 15〕以季節之變化暗喻人生的秋涼，將世事的滄桑寓於其中，這本身沒有太多特別之處。然而，遲子建淡淡的文字中，卻流露出一種深深的悲哀。在這靜與涼中，一個長大了的孩子從此失去了她純粹的快樂。

小說雖是中篇，涵容量卻很大。以少年的眼光看生死的無常，人性的複雜，多少悲歡都隱藏在其中。而小說始終充滿詩意。這源於遲子建含蓄的筆調和詩意的語言，而這是她刻意的追求，也是她最大的藝術特色之一：

> 我望望窗外，春天的確這般好，不只是陽光，連空氣都是新鮮的，山間草地一定有嫩嫩的牙苞綠著小巧的嘴巴，貪婪地吃著山野的清風。我忽然起了一陣委屈，鼻子又酸又癢。〔註 16〕

美好的春天，少年倏忽而至的心事，在作者筆下生動形象。

〔註 13〕遲子建：《北極村童話》，《遲子建中篇小說集第一卷．原始風景》，世紀出版集團 上海人民出版社，2008年，第1～46頁。

〔註 14〕遲子建：《沒有夏天了》，《遲子建中篇小說集第一卷．原始風景》，世紀出版集團 上海人民出版社，2008年，第47～133頁。

〔註 15〕同上。

〔註 16〕同上。

《草地上的雲朵》依然寫少年經歷。小說講述的是天水和青楊兩個少年隨民政局長楊乾到鄉下吃殺豬菜的所見所聞，整個故事充滿了輕喜劇的色彩。由孩童的眼睛看來，鄉下的一切都充滿趣味，包括鄉人們小小的心計，成人世界的一點欺詐和謊言。而城鄉的關係也並不是對立的，在差異中有種趣味。直到醜妞被一顆廢炸彈炸死，人生才凸顯了它嚴肅和悲涼的一面。醜妞的原始天眞，漸漸征服了來自城市的兩個孩子。她光光的腳丫，對牲畜帶點殘忍的虐待，甚至她的醜，都顯示了孩子最爲爛漫最可愛的一面。周末兩天，孩子們的心卻似乎經歷了許多。但死亡的痛苦並未形成深刻的陰影，遲子建的小說中很少見到人心靈極度深刻的掙扎，她總是能夠將其進行詩意的化解。天水和青楊在回城的路上見到了醜妞描述中的白鶴，「他們再也控制不住自己的淚水了，一任它們像一串連著一串的刪節號一樣劃過臉頰。他們多麼希望白鶴能銜住他們的淚滴，把它帶到天庭去，因爲他們相信，醜妞已是天上白雲中的一朵了。」〔註 17〕殘酷的現實由此被昇華。在詩意的純淨中，美得以實現。

《岸上的美奴》是一個弒母故事。美奴的母親楊玉翠失去了記憶，令美奴非常討厭。父親隨青遠號出行後，母親便常常去看望美奴的老師白石文。在白石文面前，她似乎又回到了少女時代。母親與白石文的曖昧令美奴感到羞恥，於是在一個晚上，她悄悄將母親騙上船，推到河裏淹死了。不久就傳來了父親的死訊。

蕪鎭彷彿一個象徵，而楊玉翠的表現，一面是對女性命運的反抗，一面是對蕪鎭平庸生活的反抗。在失憶中，她認爲自己是被拐賣來的，她從不承認自己有丈夫和女兒。這種對眞實的逃避恰反映了她內心深處不願接受已有家庭束縛的事實。而對蕪鎭平庸生活的反抗是更根本的，甚至帶有寓言的性質。她將自己假設爲從外地來的，正是渴望超越於這平庸之上。「就這麼個破鎭子，我在這生活了十幾年？跟那些醜陋的雞和愚蠢的豬？還有你這不洗腳就睡覺的人？我可不認識這個破鎭子，我活過的鎭子比這美多了。」〔註 18〕而她與白石文的交往也不僅僅出自男女之情。因爲白石文是唯一從鎭子外面來的人，他彷

〔註 17〕遲子建：《草地上的雲朵》，《遲子建中篇小說集第一卷・原始風景》，世紀出版集團 上海人民出版社，2008 年，第 271～337 頁。

〔註 18〕遲子建：《岸上的美奴》，《遲子建中篇小說集第三卷・逆行精靈》，世紀出版集團 上海人民出版社，2008 年，第 57～116 頁。

彿射進這晦暗的鎮子的一縷陽光。當她離開白石文的屋子，依依不捨地說：「人和人在一起說話可眞敞亮，明天我還來。」〔註19〕整個鎮子沒有人理解她，唯有白石文。她被圍困在這樣的生活中，找不到出路，失憶是她逃避的最重要的方式。從這個角度來說，美奴的弑母是對她另一種方式的解救。

蕪鎮如同世界本身一樣充滿惡，偶爾也散發出善的氣息。在無愛中成長的美奴的仇母情結另一面是對母親的妒忌，對愛的渴望。她一開始就很喜歡白石文。在白石文的第一堂課後，她便夢見了他：「他赤腳走在魚場上，陽光將他和魚照出同樣明滑的顏色。」〔註20〕按弗洛伊德的解釋，魚出現在夢中，有明顯的性的指向。而她對白石文的關注，包括偷偷放在他窗臺上的雞內金都有著少女之愛的特徵。然而，母親與白石文的關係，使她有種被雙重剝奪的感覺，因而，對兩個人都恨起來。她目睹著種種殘忍：雌馬哈魚在河岸上被剖腹，露出金紅的魚子；北碼頭上的屍體，面目浮腫，肚子像鼓一樣大；少年劉江對她說愛她，說見不到她就跳江而死，卻在一個晚上約了兩個女孩；鎮子裏的人對楊玉翠的惡毒言語令她對母親又愛又恨……唯一的亮色是結尾處，曾與美奴打架的張多多爲了陪伴孤獨的美奴在她家柴房裏睡了一夜，還承諾送她一條小狗。

小說中美奴的整個弑母的行爲非常冷酷，如同一個計劃周全的殺人慣犯，包括她與異鄉人的交易，都進行得超乎她年齡的理智。然而，依然是遲子建一貫的風格：不渲染，更沒有歇斯底里，美奴的一切行動都有其自身的邏輯，彷彿很自然的。而陰冷的色調正在這樣的字裏行間。小說題記寫道：「給溫暖和愛。」這是對其主題的一個顯示，是在無愛人生中的眞切渴望。

二、「死亡」情結及其昇華

任何一個作家，對人性的關注，都不能迴避死亡的問題，因爲它是最終極的問題，也最能顯示作家對生命的體悟程度。遲子建由於自身經歷的原因（其丈夫死於意外）而對於死亡問題尤其關注。但，與她其餘主題的小說一樣，死亡最終上昇爲一種寧靜而溫暖的東西。死者並沒有遠離人群，而是在某處默默地陪伴著他的親人。

〔註19〕遲子建：《岸上的美奴》，《遲子建中篇小說集第三卷・逆行精靈》，世紀出版集團 上海人民出版社，2008年，第57～116頁。

〔註20〕同上。

長篇小說《穿過雲層的晴朗》較爲獨特的是以一條黃狗的視角寫人性的種種。人的命運，人性的善良與殘忍、高貴與卑賤……小說寫了狗二十年的生命歲月，實質是爲了寫人世的變遷，有滄海桑田的意味。狗有過六個主人，第一個是森林勘察員，它爲他們帶路，多次將他們從熊和狼爪之下救出來，當任務完成，它便被拋棄。之後又跟過與它最心心相印、命運悲苦的「小啞巴」，專替別人生孩子的梅主人，獨自躲在深山爲別人做整容手術的文醫生，青瓦酒店的老闆趙禮紅，最後在拍電影中死去。

小說後記中提到，這篇小說是爲悼念在車禍中喪生的丈夫，因爲亡夫姓黃，屬狗。生命的無常滲透於作品當中，狗最後溫和、體諒地告別了人世，作者也由文字得到了拯救和解脫。

狗的視角非常獨特，更有一種對本然生命的貼近。以狗的單純無知反襯人的世界的複雜偏狹，常有一種奇特的喜劇感和幽默感。但同時，也在某種程度上限制了作者表達的自由，有時過多的解釋反而使作品有點拖泥帶水。

《世界上所有的夜晚》是集中對死亡的講述。「我」的魔術師丈夫深夜演出回家的路上，死神突然降臨——一輛破摩托撞上了他，連一句遺言都沒來得及留下。「我」獨自出發去三山湖，順便收集民歌和鬼故事。由於山體滑坡，我不得不在烏塘下車。烏塘是一個產煤礦的地方，下煤窯的男人死得多，那裡的寡婦最多。「我」到集市中收集鬼故事，故事與眞實的死亡交織著，形成亦眞亦幻的氛圍。賣早餐的小攤主死了妻子，民歌手陳紹純突然死去，連同他天籟般的歌聲；賣磨腳石的孩子死了母親……而這所有的故事的氛圍中，最突出的是蔣百嫂。這個愛喝酒耍酒瘋，和各種男人睡覺的女人，有著最深切的痛苦。她的丈夫蔣百，在一次礦難中失蹤，再也沒有音信。實際的原因卻是，爲了隱瞞礦難人數，蔣百沒有報上去，蔣百嫂於是將他凍在一個大冰櫃裏。因爲蔣百永遠無法入土，她的哀慟更加深切：「你知不知道，有的人死了，沒有葬禮，也沒有墓地，比狗還不如！狗有的時候死了，疼愛它的主人還要拖它到城外，挖個坑埋了它；有的人呢，他死了卻是連土都入不了啊！」〔註21〕比起蔣百來，魔術師至少有過一個隆重的葬禮，入土爲安了。

死亡並非一件意外的事情，它可能隨時發生，可能發生在任何人身上。同情是一種惡，人總是從更不幸的人身上尋找到活下來的理由。在人們的不

〔註21〕遲子建：《世界上所有的夜晚》，《遲子建中篇小說集第四卷・世界上所有的夜晚》，世紀出版集團 上海人民出版社，2008年，248～317頁。

幸中，「我」的不幸似乎變得輕飄了，不那麼沉重了。遲子建更進一步的是，她將所有不幸者的命運牽連在了一起——世界上所有的夜晚，是失去親人的人們的噩夢與不能終結的痛苦。在遲子建從容的敘事中，「我」的痛苦漸漸消解，昇華。小說結尾，從賣磨腳石的孩子雲領送我的剃鬚刀盒子裏，飛出了一隻蝴蝶：「它扇動著湖藍色的翅膀，悠然地環繞我轉了一圈，然後無聲地落在我右手的無名指上，彷彿要爲我戴上一枚藍寶石的戒指。」〔註 22〕

關於死亡的沉重故事到此漸漸消解，化爲一片輕盈。痛苦並未消失，死者以另一種方式棲息在我們身邊。

《親親土豆》在對死亡的講述中，有種感人的溫情。土豆花是蔬菜的花，通常是不入詩的。但是在禮鎮人眼中，它就是充滿了詩意。去世的禮鎮人在天堂中也能嗅到土豆花的香氣，並爲之落淚。秦山去世後，她的妻子在掩埋他時用了五袋土豆填墳。《格里格海的細雨黃昏》則是人與鬼魂的故事。「我」與鬼的相處並無驚悚之感，反而頗有人情味兒，令人懷戀。比起都市的冷漠，格里格海的鬼魂更加生動可愛。《向著白夜旅行》也講與鬼魂相伴的故事。「我」與前夫馬孔多終於有了一次旅行。途中的沉船、殺戮、舊友……卻原來一路相伴的只是馬孔多的鬼魂。故事充滿靈異色彩。在這與鬼魂相伴的旅行中，完結了那些未曾實現的願望，死者也去了他該去的地方。作者的痛苦也在敘事中漸漸消除。

愛與死，痛苦與詩意交纏得最爲激烈的是小說《原野上的羊群》。畫家「我」和丈夫于偉結婚多年卻未能生育，於是認領了郊區八方臺鎮一貧苦人家的小男孩蘆葦。他們漸漸與孩子生出了感情，後來才知道，蘆葦的姐姐因爲思念弟弟得了厭食症死去了。他們的父親本來刻意到離八方臺鎮不遠的魚塔鎮放羊，爲的是從他們知道零星的關於孩子的消息。他本有機會告訴他們女兒的病情，好讓小姐姐見弟弟一面，卻忍住了。人性的善良與誠信甚至有了種悲壯的意味。

小說深刻地探討了血緣在人生命中的位置。「我」因爲孩子不是親生的而心懷惴惴，生怕培養不起眞感情。保姆林阿姨卻講述了她女兒桑桑的故事：桑桑認爲自己不是林阿姨親生的孩子，她從小就非常叛逆，喜歡香煙和烈酒，十六歲便開始墮胎，後來做了舞女，因艾滋病客死異國。兩個故事之間形成

〔註 22〕遲子建：《世界上所有的夜晚》，《遲子建中篇小說集第四卷．世界上所有的夜晚》，世紀出版集團 上海人民出版社，2008 年，248～317 頁。

了強大的張力。血緣不是唯一的，人與人之間的感情或許來自於某種更爲神秘的不可言說的東西。

舞女桑桑是一個自由之魂，她的墮落也是極美的，正如林阿姨畫中所描述的，是一片濃烈的金黃色。她到死仍不悔對自由的追求。「她在信中竟然還說這是上帝贈賜給她的最幸福的死法。她稱艾滋病是人類最美麗的病。」在小說中，敘事者「我」無疑是將桑桑作爲教育失敗的例子，但並不能阻止作者將她描寫得非常決絕美好。

小說的詩意來自於自然風光的美，這是遲子建營造詩意的最普通的手段，然而她的風景描寫卻各各不同，顯示了一個受過美術訓練的藝術家對美的敏感與獨創性。小說題爲《原野上的羊群》，牧羊人在冬天放牧的情形具有驚心動魄的美。「透過蒙朧的玻璃窗，我看見牧羊人輕輕揮動著鞭子，而羊群則圍繞著他旋轉。天、地、空氣、羊群都是白色的，只有牧羊人是黑色的。這一條黑顯得如此醒目而燦爛。我第一次驀然領悟到黑色的絢麗。」〔註 23〕冬日的黑與白兩色本應非常單調，竟能形成如此觸目驚心的美。

而人性的至善至美至柔至韌則形成了另一種美。小說結尾這樣寫道：

> 我聽不到任何聲音。周圍的原野太寂靜了。我停住腳步，想對于偉說一句表達愛意的話，可是我不忍心打破這種感人至深的寂靜。我還想對著前方那個無憂無慮奔跑的孩子說上一句話，可是我們的距離實在太遙遠了。我即使喊破喉嚨他也不會聽到我的話，而那種超然的寂靜氣氛又是不該遭到絲毫破壞的。但我還是在心底深深地對著蘆葦說：「孩子，輕輕地走，別踩疼你的小姐姐。」〔註 24〕

「天地有大美而不言」，在這寂靜中，是對生命懷有的敬畏與肅穆。最後一句女性化的表達，柔軟卻直入內心，令人感到牽牽扯扯的疼痛。

三、卑微人生的詩意之光

對普通人生、底層生命的關注，是一個有人文情懷的作家應有的姿態。遲子建以女性的細膩和善感，體諒人們的悲歡，觸摸他們的靈魂。遲子建的特別之處在於，她始終賦予她的人物的生存以詩意，哪怕他們處於最底層，

〔註 23〕遲子建：《原野上的羊群》，《遲子建中篇小説集第三卷・逆行精靈》，世紀出版集團 上海人民出版社，2008 年，第 117～176 頁。

〔註 24〕同上。

生命微賤如塵末。《清水洗塵》、《踏著月光的行板》、《日落碗窯》、《逆行精靈》、《行乞的琴聲》等都是這樣的故事。

《逆行精靈》講述的是十二個人因雨滯留在一家小旅店發生的故事。小說將日常生活之流攔腰截斷，描寫人在特殊情況下的境遇和感受。因爲被迫的短暫停留，人不得不逸出日常生活之外，其各異的性格也展示出來。他們的行爲既不同於平常，又帶著過去的烙印。詩性就在這樣的半眞半假中展開。豁唇的男孩天眞可愛，他原是被人遺棄又被現在的老母親收留的；孕婦爲了逃開家人早已安排好的舒適生活到鄉下去生產；小木匠追逐鵝頸女人，與她在雨後的野外有了一次美妙的媾和……作者著墨輕重各有不同，顯示了遲子建架構中篇的才華。小說中最奇特的是，孕婦、老啞巴、豁唇男孩等人都做了相同的夢：一個穿白衣的女人在飛，這便是標題「逆行精靈」所提到的「精靈」了。這精靈是從人們平庸、卑賤的生活中生升起來的，代表了人們生命中飛揚的一面——它被壓抑著，而在這因雨滯留的十七個小時中被喚醒了。夜裏，音樂老師的琴聲撫慰了人們的靈魂，也治癒了那只被人傷了心的狗。但是，生與死，善與惡總是相生相伴，即便是在這短短的十七個小時中。人們爲了隔開大鋪中的男女，讓老啞巴睡在中間，老啞巴不堪侮辱，悄悄上吊自殺了。這是遲子建中篇小說中結構非常精妙的一篇，代表了她的藝術水平。

《起舞》的詩意來自於對舊世界的緬懷。在跳舞停電的二十分鐘裏，齊如雲與一個素不相識的蘇聯專家懷了孕，生下了齊耶夫。圍繞半月樓的，是一段塵封的歷史與美好的傳奇。它曾經是一座豪華的舞廳，有過一個愛國的舞女藍蜻蜓。現在它是齊耶夫老婆丟丟的水果鋪，四季水果鮮美，地窖更是一塊寶。然而老八雜將被拆除，半月樓也沒能保下來。在推土機的轟鳴中，丟丟失去了一條長長的美腿。

小說的懷舊氛圍裏始終有一種淡淡的憂傷，是關於那些失去了的善良、優雅和自由的。遲子建與她的人物之間不是居高臨下的俯視關係，而是自然而然的理解、體諒。齊耶夫喜歡結交與他有相同血緣的人，彷彿是爲了尋根溯源，認祖追宗。他與俄羅斯人羅琴科娃的做愛，令他有回到故鄉的感覺：「齊耶夫突然有了回家的感覺，他這些年所經受的委屈，在那個瞬間，渙然冰釋。他俯在羅琴科娃身上，就像匍匐在故鄉的大地上一樣塌實。」他的憂傷是美的，丟丟的善良也是美的。連丟丟最後丟掉了一條腿，也彷彿那條腿是命中注定要用來殉那舊日的輝煌的：「那個女人在飛起的瞬間，腿像閃電一樣在半

空中滑出一道妖嬈的弧線。她輕盈得簡直就像一隻在水畔飛翔著的藍蜻蜓。」〔註 25〕

《行乞的琴聲》則將目光投向處於城市最底層的人。老黑帶著猴子在城裏乞討。回到鄉下人們總是喜歡聽他說城裏的好。他沒有生育能力，妻子曼珍就和方頭好上了，生了一個兒子，並且毫不避諱地住在他家，與他老婆出雙入對。方頭的妻子楊枝紅說老黑欠他們家的，每次老黑都從城裏給楊枝紅帶一些東西回來。他在妻子那裡得不到溫情，從楊枝紅那裡，卻有一種理解和關懷。

拉琴的老人有一段憂傷的往事。他下鄉的時候愛上一個叫驚禪的女孩，可是這個女孩已經注定了要出家，他黯然而去。現在回到若梅灣，拉起了《驚禪》的曲子，人家以爲他是乞討的，就往他帽子裏扔錢。猴子喜歡聽他的琴聲，每次非要聽完一曲才走。

猴子串起了同病相憐者的命運。即便生命卑賤如斯，他們仍不願丟掉自己的尊嚴。拉琴的老人最佩服的乞討者是老黑，因爲他不像別的乞丐通過展示自己的傷口和痛苦來博取別人的同情。而老黑與猴子也特別喜歡聽老人的琴聲。老人在圍觀的人中，老人看到只有猴子的眼睛是濕漉漉的。他喜極而泣，一曲終了，剪斷琴弦，倒在花壇邊死去了。

《零作坊》是遲子建小說中非常獨特的一篇。翁史美不安於鄉下生活，追隨她的情人紀行舟來到都市，很快便被拋棄。賺了一些錢後，她糾集一群男人租下零作坊，開了一個屠宰場。在撿垃圾的魯大鵬、搶劫犯王軍、下崗工人劉鐵飛、高考落榜者楊生情等人當中建立了自己的王國。

曾經的陶藝作坊變成了非法屠宰場，血腥的屠殺毫無詩意可言，但是卻始終與藝術有著斬不斷的因緣，因而文本充滿了張力。與零作坊原主人，藝術家孟十一不斷地電話交往是翁史美通向美好世界的途徑。楊生情則在廊柱上貼滿了爲她寫的情詩，雖然一邊是豬的嚎叫聲。翁史美是浪漫的，而她的心底卻又是現實的，似乎喻示著現代人的某種處境：喜歡藝術，卻明白藝術不能當飯吃，只要那點不深不淺不受傷害的喜歡就足夠了。隨著零作坊被封，人們也各各散去。小說的結尾，翁史美給孟十一打了最後一次電話，斬斷了幻想。楊生情寄來了各種花子，讓翁史美將零作坊變成一個花坊。美將以另一種形式生長起來。

〔註 25〕遲子建：《起舞》，《遲子建中篇小説集第五卷・起舞》，世紀出版集團 上海人民出版社，2008 年，第 152～240 頁。

遲子建的長篇小說，也充滿了女性特有的溫情。《僞滿洲國》寫 1932～1945 年間東北的歷史，看似宏大的敘事，筆下卻只是十年間普通人的生生死死。2010 年出版的《白雪烏鴉》寫一九一〇至一九一一年秋冬之際的東北大鼠疫，也著重於寫瘟疫中普通生命的掙扎，日常性的光輝始終籠罩全篇。《額爾古納河右岸》則以一個女酋長的自述，講述鄂溫克族的歷史。正如前文所論述的，遲子建的小說並無太多性別立場，然而，她的寫作方式、關注的視角卻是「女性化」的，如果眞的存在一個所謂「女性化」寫作的話。

《僞滿洲國》以編年體形式寫成。小說從一個叫吉來的孩子寫起，漸漸敷演出十多年中的人生故事。皇宮中的溥儀與婉容，日本軍官、普通百姓、土匪……社會背景是廣闊的，涉及的階層也很多，但都以平和的理解的眼光去看的。除了寫日本人屠殺的一段文字淒豔絕倫之外，很多東西都刻意淡化了。別的作家筆下劍拔弩張的民族仇恨，被代之以個體對命運無可奈何的承受。

張秀花不得已嫁給了開拓團的中村正保。她發誓不要日本人的孩子，卻還是生下了一個白白胖胖的兒子。聽聞舊情人生活的淒慘，對日本人的仇恨使她下毒手害死了孩子，她卻精神失常，被狼吃掉了。慘烈的故事筆調也是平和的，所有人都是戰爭的受害者，包括中村正保。他的善良、初爲人父的喜悅，讀來都令人傷感。日本軍官羽田在中國的火車上遇到了出征前幾天送他腰帶的女孩——她曾是他心目中完美的少女形象，是他對祖國的想念中最重要的內容，而今她卻成了慰安婦，聲音沙啞，面容疲憊。胡二與紫環，一個是土匪，一個是他搶來的女人，有了一個孩子，都安下了心，求著「現世安穩」。

不管大時代如何變化，對於老百姓來說，最基本的還是「過日子」。遲子建不渲染，不誇張，在她平靜的敘事中始終有一種溫潤，一種寬宏。

總之，遲子建的作品，沒有鮮明的性別立場，男人如何女人如何似乎並不是她關心的問題。她關心的是一些恒常性的東西，比如貧窮、病痛、死亡，比如人在戰爭和瘟疫中怎樣掙扎著活下去（在某些人眼裏甚至可能是一種「苟活」），但與此同時，她又賦予她的人物以詩性的光芒。善與惡的界限有時並非涇渭分明，相反常常是一瞬間的迸發。最卑微的人生也有它的尊嚴，有它的靈性與美。這女性作家喧囂的寫作中，她只安靜地堅守著這一隅淨土，不論外面黃沙滿地還是風雨如晦，她的藝術世界始終寧靜而純粹。

結 語

對性別問題的思考是與中國的現代化進程相一致的。自近代以來，先驅者們便將婦女的解放問題納入社會革命系統和整個「人」的解放當中。作爲一種文學理論，女性主義詩學於 20 世紀 70 年代興起於歐美各國，在 80 年代末 90 年代初開始對中國文壇產生影響。如今，二三十年過去了，關於「女性主義」和「女性文學」的研究已經成爲一門「顯學」，不僅研究的論著數量可觀，也達到了一定的深度。

本書選取從性別優勢與性別陷阱的角度切入對 1990 年代以來的女性小說寫作的研究，是因爲迄今爲止，女性文學研究中尚有許多問題，也有諸多被遮蔽之處。

本書要處理的問題主要有以下幾個方面：

一是，女性文學和女性主義文學的界定，這也是學術界長期的爭議所在。對於這個問題，筆者強調了三點區分：一是，女性文學不等於「女人寫的文學」；二是，女性文學也不等於「寫女人的文學」；三是，女性文學不是「女人的性文學」。並認爲，只有女作家創作的有鮮明的性別立場的作品才是女性文學，因此界定了女性文學的寫作主體爲女性，寫作的中心是女性，堅持的是性別立場。但這樣的作品，並不等同於女性主義文學。只有強調女性在物質和精神上的獨立自主，強調女性對自身命運的選擇和承擔精神的作品，才是眞正的女性主義的作品。也就是說，在當代喧囂擾攘的女性寫作中，在「女性文學」和「身體寫作」等旗幟之下，眞正的女性主義作家和作品是極少數的。

二是，女性寫作的性別優勢與性別陷阱。

以「性別」作爲女性文學研究的關鍵詞，是因爲它將拓展女性文學研究的空間和領域。單純的女性研究很容易墮入自說自話當中，而女性文學也必須在與男性文學的對比中才能發現差異和問題所在。「這是因爲『性別』這個概念所涵蓋的既包括女性也包括男性，既包括女性文學文本也包括男性文學文本，將二者作爲互爲參照比較的互文文本納入我們的研究視野，將會發現文學作品中一些以往習焉不察視而不見的被遮蔽的問題和意義。」〔註 1〕

所謂「性別」，至少包含兩層含義，一是生理性別（sex），一是社會性別（gender）。由於生理性別是一個人與生俱來的特性，一般來說是無法更改的；而社會性別則是由文化所界定的男女兩性的特性，它規定了男女兩性在社會中的身份、地位和角色。女性主義主要著眼於對社會性別的研究，因爲社會性別是被定義被建構的，並且是可以改變的。「女性不是天生成的，而是被造就的」就是從這一角度說的。然而，生理性別又是女性研究的一個起點，它形成了男性與女性的基本差異，同時又隨著社會環境的變化而具有不同的適用性。所以，在筆者看來，生理性別與社會性別是不可分割的，兩者總是絞纏在一起，共同構成了女性研究的豐富性與複雜性。

以此爲立足點，本書以一些作家作品爲對象，探討了長期以來爭論不休的女性「身體寫作」的問題，兩性在情愛關係中的地位，價值動蕩的商業社會中的女性形象，種族、階級與性別問題等。就生理性別而言，女性常常被認爲處於「弱勢」地位，因爲她的體力不如男性，更多受物種的奴役。但就 1990 年代以來的所謂「身體寫作」而言，大多女性作家並未對這一問題作深層次的思考，而更多集中於對女子性欲的描寫。這種對生理性別的利用，實際是以性作爲賣點，違背了女性主義的初衷。在情愛關係中，男女兩性也常常處於不平等的地位。女性常常以情愛爲生命的中心價值，而對男性來說，事業的成就、社會的定位才是更重要的。在這樣的一種不平等關係中，女性往往是犧牲者、奉獻者，因而也有許多憤怒。如張潔的小說，從《愛，是不能忘記的》到《無字》的巨大變化就可以說明。但，對男女情愛關係的定義本身就來自於社會和文化，本就可以更改。其次是，女性將所有的責任推到男性身上，本身就是將自己置於不成熟的、不爲自己負責的位置上，這與眞正的女性主義相去甚遠。同時，對於很多女性來說，謀愛與謀生是一致的，

〔註 1〕劉思謙：《性別：女性文學研究的關鍵詞》，洛陽師範學院學報，2005 年第 6 期，第 1～8 頁。

她們可以通過所謂的情愛關係獲得更好的生存，這是女性的優勢，當然也會帶來一定的問題。

在商業社會，交換成爲基本的倫理，女性被商品化的程度前所未有。比起人身不能自主的完全男權社會，女性至少有了選擇的可能，並且能夠通過交換來獲得較好的生存。但同時，交換中又存在著諸多悖論。在張欣等的筆下，在這樣一個價值動蕩的社會，女性的選擇更爲艱難。

同時，性別問題的複雜性在於，它還與階級和種族等問題交織在一起，嚴歌苓的小說在某種程度上補充了這一方面的題材。無論是作爲子宮和乳房的異族女子多鶴（《小姨多鶴》），還是爲了追求更好的生活遠嫁異國的女人們，無論是被拐賣的潘巧巧（《誰家有女初長成》），還是爲了回城而與不同男人睡覺的秀秀（《天浴》），都在承受著與自身性別相關的選擇與被選擇，幸運與不幸。她的創作，進一步展開了性別問題的豐富性。

三是，性別立場和人性關懷的問題。在這樣一個時代，男女兩性皆面對著現實生存的巨大壓力，因而互相之間充滿了憤怒。堅持性別立場，並不等於說此一性別由於在歷史上是受害者或者被某個具體男性辜負，就永遠站在道德制高點上。需要區分的是，哪些困境是女性特有的，哪些困境是男女兩性共同的。比如文中提到的張潔的《無字》，在小說中，女人所有的痛苦都是男人帶來的，女人只是徹頭徹尾的受害者。這其實仍是將女性當作不必爲自己生命負責的未成年人，而不是具有獨立性的「人」。又如傅愛毛小說《嫁死》，女性爲了金錢嫁給一個礦工，爲的是得到他將來的礦難死亡賠償——對女性來說，這是一種「犧牲」，是一種物化；而男性，則完全做了金錢的替代品，被物化得更爲徹底。只有性別立場而無人性關懷，是不能深刻理解人物的命運及深層悲劇的。

四是，性別立場和作品的藝術性問題。談女性寫作，研究者總是將注意力放在其性別，放在意識形態上，其藝術性究竟如何，卻很少論及。但無論如何，文學是藝術創作，評價的標準除了意識形態外，更重要的是藝術價值，不能因爲它僅僅是女性寫的，或者僅僅寫到了女性，就一定是一部優秀的作品。這是兩個問題，需要區分開來的。

四個問題通過「性別優勢」與「性別陷阱」的關係串接起來，涉及作品中的女性形象，女作家的創作理念等，試圖爲當代女性文學研究提供一個新的視角，並釐清一些基本的問題。由於時間和能力有限，尚存許多遺憾，希望將來能夠慢慢彌補。

主要參考書目

1.〔英〕瑪麗・伊格爾頓編，胡敏、陳彩霞、林樹明譯：《女權主義文學理論》，長沙：湖南文藝出版社，1989 年 2 月。

2.〔法〕西蒙娜・德・波伏娃著，陶鐵柱譯：《第二性》，北京：中國書籍出版社，1998 年 2 月。

3.〔德〕西美爾著，劉小楓編，顧仁明譯：《金錢、性別、現代生活風格》，上海：學林出版社，2000 年 12 月。

4.〔美〕凱特・米利特著，宋文偉譯：《性政治》，南京：江蘇人民出版社，2000 年 9 月。

5.〔美〕加里・斯坦利・貝克爾著，王獻生、王宇譯：《家庭論》，北京：商務印書館，2007 年。

6.〔英〕弗吉尼亞・吳爾夫著，賈輝豐譯：《一間自己的房間・本涅特先生和布朗太太及其他》，北京：人民文學出版，2003 年 4 月。

7.〔美〕南希・弗萊迪著，楊寧寧譯：《美貌的誘惑》，上海：文匯出版社，2004 年 1 月。

8.〔美〕O・B・哈迪森著，馮黎明、張文初等譯：《走入迷宮》，西安：華嶽文藝出版，1988 年 3 月。

9. 理查德・A・波斯納著，蘇力譯：《性與理性》，北京：中國政法大學出版社，2002 年 5 月。

10.〔美〕朱麗亞・T・伍德著，徐俊、尚文鵬譯：《性別化的人生——傳播、性別與文化》，暨南大學出版社，2005 年 10 月。

11.〔美〕琳達・諾克林等著，李建群等譯：《失落與尋回——爲什麼沒有偉大的女藝術家》，2004 年 11 月。

12 Elaine Showalter：《A Literature of Their Own》，北京：外語教學與研究出版社，2004 年 6 月。

13 Deborah L. Madsen：《Feminist Theory and Literature Practice》，外語教學與研究出版社，2006年9月。

14. 劉慧英：《走出男權傳統的樊籬——文學中男權意識的批判》，北京：生活·讀書·新知 三聯書店，1996年4月。

15. 孟悅、戴錦華：《浮出歷史地表——現代婦女文學研究》，北京：中國人民大學出版社，2004年7月。

16. 徐豔蕊：《當代中國女性主義文學批評二十年》，桂林：廣西師範大學出版社，2008年3月。

17. 程箐：《消費鏡象——20世紀90年代女性都市小說消費主義文化研究》，北京：中國社會科學出版社，2008年9月。

18. 上海社會科學院婦女委員會、上海社會科學院婦女研究中心編：《性別與家庭調研報告》，上海：上海社會科學院出版社，2008年8月。

19. 邵燕君：《傾斜的文學場——當代文學生產機制的市場化轉型》，南京：江蘇人民出版社，2003年10月。

20. 邵燕君：《美女文學現象研究》，桂林：廣西師範大學出版社，2005年7月。

21. 楊莉馨：《異域性與本土化：女性主義詩學在中國的流變與影響》，北京：北京大學出版社，2005年10月。

22. 陳順馨：《中國當代文學的敘事與性別》，北京：北京大學出版社，1995年4月。

23. 恩格斯著，中共中央馬克思、恩格斯、列寧、斯大林著作編譯局譯：《家庭、私有制和國家的起源》，北京：人民出版社，1999年8月。

24. 張京媛主編：《當代女性主義文學批評》，北京：北京大學出版社，1992年1月。

25. 王岳川：《中國鏡象——90年代文化研究》，北京：中央編譯出版社，2001年1月。

26. 蕭瀚編：《婚姻二十講》，天津：天津人民出版社，2008年1月。

27.〔奧〕西格蒙德·弗洛伊德：《性欲三論》，北京：國際文化出版公司，2007年3月。

28. 劉小楓：《沉重的肉身——現代性倫理的敘事緯語》，上海：上海人民出版社，1999年1月。

29.〔美〕尼爾·波茲曼著；章豔，吳燕莛譯：《娛樂至死·童年的消逝》Amusing ourselves to death. The disapperance of childhood，桂林：廣西師範大學出版社，2009年5月。

30. 常建華：《婚姻內外的古代女性》，中華書局，2006年5月。

31. 申丹、韓加明、王麗亞著：《英美敘事理論研究》，北京大學出版社，2005年10月。
32. 羅亭等：《女性主義文學批評在西方與中國》，北京：中國社會科學出版社，2006年。
33. 劉納：《顛躓窄路行——世紀初：女性的處境與寫作》，北京：作家出版社，1995年。

作　品

1. 安妮寶貝：《彼岸花》，北京：北京出版社出版集團 北京十月文藝出版社，2008年2月。
2. 安妮寶貝：《告別薇安》，北京：北京出版社出版集團 北京十月文藝出版社，2008年2月。
3. 安妮寶貝：《二三事》，北京：北京出版社出版集團 北京十月文藝出版社，2008年2月。
4. 安妮寶貝：《清醒記》，北京：北京出版社出版集團 北京十月文藝出版社，2008年5月。
5. 《薔薇島嶼》，北京：北京出版社出版集團 北京十月文藝出版社，2008年6月。
6. 池莉：《池莉文集3・細腰》，南京：江蘇文藝出版社，1995年8月。
7. 池莉：《池莉文集5・午夜起舞》，南京：江蘇文藝出版社，1995年8月。
8. 池莉：《池莉文集6・致無盡歲月》，南京：江蘇文藝出版社，1995年8月。
9. 池莉：《池莉近作精選》，武漢：長江文藝出版社，2003年7月。
10. 陳染：《陳染文集1・與往事乾杯》，南京：江蘇文藝出版社，1996年12月。
11. 陳染：《陳染文集2・沉默的左乳》，南京：江蘇文藝出版社，1996年12月。
12. 陳染：《陳染文集3・私人生活》，南京：江蘇文藝出版社，1996年12月。
13. 陳染：《陳染文集4・女人沒有岸》，南京：江蘇文藝出版社，1996年12月。
14. 陳染：《凡牆都是門》，北京：中國文聯出版社，2001年9月。
15. 陳染：《離異的人》，北京：生活・讀書・新知三聯書店，2004年12月。
16. 陳染：《陳染散文集・時光倒流》，北京：新華出版社，2003年8月。
17. 陳染：《誰掠奪了我們的臉》，北京：作家出版社，2007年5月。

18. 遲子建：《遲子建中篇小説集・第一卷・原始風景》，上海：世紀出版集團 上海人民出版社，2008年5月。
19. 遲子建：《遲子建中篇小説集・第二卷・秧歌》，上海：世紀出版集團 上海人民出版社，2008年5月。
20. 遲子建：《遲子建中篇小説集・第三卷・逆行精靈》，上海：世紀出版集團 上海人民出版社，2008年5月。
21. 遲子建：《遲子建中篇小説集・第四卷・世界上所有的夜晚》，上海：世紀出版集團 上海人民出版社，2008年5月。
22. 遲子建：《遲子建中篇小説集・第五卷・起舞》，上海：世紀出版集團 上海人民出版社，2008年5月。
23. 遲子建：《清水洗塵》，北京：中國文聯出版社，2001年9月。
24. 遲子建：《越過雲層的晴朗》，上海：上海文藝出版社，2003年4月。
25. 遲子建：《踏著月光的行板》，北京：北京十月文藝出版社，2004年5月。
26. 遲子建：《額爾古納河右岸》，北京：北京出版社出版集團 北京十月文藝出版社，2005年12月。
27. 遲子建：《僞滿洲國》，北京：人民文學出版社，2004年5月。
28. 遲子建：《北方的鹽》，南京：鳳凰出版傳媒集團 江蘇文藝出版社 2006年1月。
29. 遲子建：《福翩翩》，長沙：湖南文藝出版社，2008年1月。
30. 遲子建：《白雪烏鴉》，北京：人民文學出版社，2010年8月。
31. 海男：《男人傳——一個男人的冒險史》，昆明：雲南人民出版社，2000年7月。
32. 海男：《愛情傳——男女情感史》，武漢：長江文藝出版社，2001年4月。
33. 海男：《情婦》，合肥：安徽文藝出版社，2004年9月。
34. 海男：《表演》，北京：光明日報出版社，2006年9月。
35. 海男：《親愛的身體蒙難記》，南昌：百花洲文藝出版社，2010年2月。
36. 海男：《身體祭》，南京：鳳凰出版傳媒集團 江蘇文藝出版社 2008年5月。
37. 虹影：《虹影打傘》，北京：知識出版社，2002年8月。
38. 虹影：《孔雀的叫喊》，北京：知識出版社，2003年1月。
39. 虹影：《阿難》，北京：知識出版社，2003年4月。
40. 虹影：《英國情人》，瀋陽：春風文藝出版社，2003年10月。
41. 虹影：《綠袖子》，上海：上海文藝出版社，2004年8月。
42. 虹影：《鶴止步》，濟南：山東文藝出版社，2005年4月。

43. 虹影：《上海之死》，濟南：山東文藝出版社，2005 年 4 月。
44. 虹影：《大師，聽小女子說》，北京：文化藝術出版社，2005 年 6 月。
45. 虹影：《女子有行》，北京：文化藝術出版社，2006 年 1 月。
46. 虹影：《上海魔術師》，上海：世紀出版集團 上海人民出版社，2006 年 12 月。
47. 虹影：《我們時代的愛情》，上海：世紀出版集團 上海人民出版社，2007 年 1 月。
48. 虹影：《飢餓的女兒》，北京：中國婦女出版社，2008 年 10 月。
49. 虹影：《我和卡夫卡的愛情》，西安：陝西師範大學出版社，2009 年 1 月。
50. 虹影：《我們相互消失》，西安：陝西師範大學出版社，2009 年 1 月。
51. 虹影：《上海王》，西安：陝西師範大學出版社，2009 年 1 月。
52. 虹影：《我們的痛苦，我們加鹽》，南京：鳳凰出版傳媒集團 江蘇文藝出版社，2009 年 5 月。
53. 虹影：《好兒女花》，南京：鳳凰出版傳媒集團 江蘇文藝出版社，2009 年 9 月。
54. 林白：《說吧，房間》，南京：江蘇文藝出版社，1997 年 10 月。
55. 林白：《玻璃蟲》，北京：作家出版社，2000 年 5 月。
56. 林白：《貓的激情時代》，北京：中國文聯出版社，2001 年 9 月。
57. 林白：《萬物花開》，北京：人民文學出版社，2003 年 7 月。
58. 林白：《大聲哭泣》，南京：江蘇文藝出版社，2003 年 10 月。
59. 林白：《秘密之花》，北京：新華出版社，2005 年 1 月。
60. 林白：《一個人的戰爭》，瀋陽：春風文藝出版社，2006 年 1 月。
61. 林白：《前世的黃金——我的人生筆記》，長春：時代文藝出版社，2006 年 11 月。
62. 林白：《林白作品精選集》，武漢：湖北長江出版集團 長江文藝出版社，2007 年 11 月。
63. 林白：《致一九七五》，南京：鳳凰出版傳媒集團 江蘇文藝出版社，207 年 11 月。
64. 林白：《婦女閒聊錄》，北京：新星出版社，2008 年 7 月。
65. 陸星兒：《夜晚，請別敲我的門》，杭州：浙江文藝出版社，1986 年 3 月。
66. 陸星兒：《留給世紀的吻》，北京：北京十月文藝出版社，1988 年 12 月。
67. 陸星兒：《精神科醫生》，上海：上海文藝出版社，1993 年 9 月。
68. 陸星兒：《心，有一處倉庫》，天津：天津教育出版社，1993 年 12 月。
69. 陸星兒：《女人的規則》，石家莊：河北教育出版社，1995 年 3 月。

70. 陸星兒：《女人的出頭之日》，上海：上海人民出版社，1995年12月。
71. 陸星兒：《女人不天生》，上海：上海書店出版社，1996年10月。
72. 陸星兒：《一撇一捺的人》，上海：文匯出版社，1996年10月。
73. 陸星兒：《潛在美人》，北京：知識出版社，2002年1月。
74. 陸星兒：《人在水中》，昆明：雲南人民出版社，2003年3月。
75. 陸星兒：《女人的浪漫》，昆明：雲南人民出版社，2003年8月。
76. 陸星兒：《痛》，上海：東方出版中心，2008年1月。
77. 鐵凝：《大浴女》，瀋陽：春風文藝出版社，2000年3月。
78. 鐵凝：《無雨之城》，北京：人民文學出版社，2006年12月。
79. 鐵凝：《玫瑰門》，北京：人民文學出版社，2007年1月。
80. 鐵凝：《鐵凝精選集》，北京：北京燕山出版社，2008年12月。
81. 嚴歌苓：《一個女人的史詩》，長沙：湖南文藝出版社，2006年5月。
82. 嚴歌苓：《少女小漁》，西安：陝西師範大學出版，2008年5月。
83. 嚴歌苓：《天浴》，西安：陝西師範大學出版社，2008年5月。
84. 嚴歌苓：《雌性的草地》，西安：陝西師範大學出版社，2008年7月。
85. 嚴歌苓：《誰家有女初長成》，西安：陝西師範大學出版社，2008年10月。
86. 嚴歌苓：《白蛇》，西安：陝西師範大學出版社，2009年1月。
87. 嚴歌苓：《赴宴者》，西安：陝西師範大學出版社，2009年11月。
88. 嚴歌苓：《小姨多鶴》，西安：陝西師範大學出版社，2010年1月。
89. 嚴歌苓：《第九個寡婦》，北京：作家出版社，2010年3月。
90.《金陵十三釵》，南京：鳳凰出版傳媒集團 江蘇文藝出版社，2010年7月。
91. 張潔：《闌珊集》，北京：群眾出版社，1993年11月。
92. 張潔：《張潔文集‧如果你娶了一個作家串行兒》，北京：作家出版社，1997年10月。
93. 張潔：《張潔文集‧愛是不能忘記的還有勇氣嗎》，北京：作家出版社，1997年10月。
94. 張潔：《張潔文集‧方舟日子只有一個太陽》，北京：作家出版社，1997年10月。
95. 張潔：《無字》，北京：北京十月文藝出版社，2001年2月。
96. 張潔：《知在》，北京：北京出版社 北京十月文藝出版社，2006年3月。
97. 張潔：《我們這個時代肝腸寸斷的表情》，北京：人民文學出版社，2006年6月。

98. 張潔：《世界上最疼我的那個人去了》，北京：人民文學出版社，2006 年 10 月。
99. 張欣：《依然是你》，北京：作家出版社，2006 年 1 月。
100. 張欣：《誰可相倚》，上海：文匯出版社，2006 年 6 月。
101. 張欣：《鎖春記》，北京：作家出版社，2007 年 1 月。
102. 張欣：《那些迷人的往事》，北京：文化藝術出版社，2008 年 2 月。
103. 張欣：《用一生去忘記》，北京：作家出版社，2008 年 3 月。
104. 張欣：《對面是何人》，上海：上海文藝出版社，2009 年 8 月。
105. 張欣：《浮華背後》，北京：作家出版社 2009 年 9 月。
106. 張悅然：《葵花消失在 1890》，2003 年 9 月。
107. 張悅然：《櫻桃之遠》，瀋陽：春風文藝出版社，2004 年 1 月。
108. 張悅然：《是你來檢閱我的憂傷了嗎》，上海：世紀出版集團 上海譯文出版社，2004 年 5 月。
109. 張悅然：《誓鳥》，北京：光明日報出版社，2006 年 11 月。
110. 張悅然：《水仙已乘鯉魚去》，濟南：明天出版社，2007 年 6 月。
111. 張悅然：《霓路》，濟南：明天出版社，2007 年 6 月。
112. 張悅然：《十愛》，北京：作家出版社，2009 年 4 月。
113. 張辛欣：《張辛欣代表作》，1988 年 12 月。
114. 賈平凹：《廢都》，北京：北京出版社，1993 年 6 月。
115. 陳忠實：《白鹿原》，北京：人民文學出版社，1993 年 6 月。
116. 衛慧：《上海寶貝》，瀋陽：春風文藝出版社，1999 年 9 月。
117. 衛慧：《狗爸爸》，北京：作家出版社，2007 年 6 月。
118. 棉棉：《我們是如此敏感》，北京：中國和平出版社，2006 年 1 月。
119. 陳忠實：《白鹿原》，北京：人民文學出版社，1993 年 6 月。
120. 方方、張欣等：《女人三十》，長沙：湖南文藝出版社，2000 年 1 月。
121. 皮皮：《比如女人》，海口：南海出版公司，2000 年 9 月。
122. 葉兆言：《豔歌》，桂林：廣西師範大學出版社，2001 年 10 月。
123. 唐穎：《純色的沙拉》，上海：上海文藝出版社，2001 年 11 月。
124. 唐穎：《麗人公寓》，上海：上海書店出版社，1998 年 3 月。
125. 唐穎：《無性伴侶》，作家出版社 2001 年 4 月。
126. 唐穎：《初夜》，上海：上海文藝出版社，2007 年 7 月。
127. 殷慧芬：《和陌生人跳舞》，武漢：長江文藝出版社，2002 年 4 月。
128. 王安憶：《長恨歌》，海口：南海出版公司，2003 年 8 月。

129. 王安憶：《桃之夭夭》，上海：上海文藝出版社，2003 年 12 月。
130. 王安憶：《紀實和虛構》，北京：人民文學出版社，1993 年 6 月。
131. 王安憶：《酒徒》，南京：江蘇文藝出版社，2003 年 1 月。
132. 張抗抗：《作女》，北京：華藝出版社，2002 年 6 月。
133. 渡邊淳一著，炳坤、鄭成、陳多友譯：《男人這東西》，北京：文化藝術出版社，2003 年 12 月。
134. 方方：《樹樹皆秋色》，北京：北京十月文藝出版社，2004 年 5 月。
135. 方方：《暗示》，北京：中國文聯出版社，2001 年 9 月。
136. 方方：《方方小說精粹》，成都：四川人民出版社，1998 年 9 月。
137. 徐坤：《愛你兩周半》，北京：作家出版社，2004 年 5 月。
138. 蘇童：《米》，上海：上海文藝出版社，2005 年 12 月。
139. 匡文立、陳蔚文等：《陰性之痛——對話女性的身體與情愛》，北京：中國華僑出版社，2006 年 5 月。
140. 閻眞：《因爲女人》，北京：人民文學出版社，2007 年 12 月。
141. 春樹：《北京娃娃》，天津：天津人民出版社，2008 年 4 月。
142. 春樹：《2 條命》，北京：作家出版社，2005 年 8 月。
143. 鐵凝：《無雨之城》，北京：人民文學出版社，2006 年 12 月。
144. 鐵凝：《玫瑰門》，北京：人民文學出版社，2007 年 1 月。
145. 鐵凝：《鐵凝精選集》，北京：北京燕山出版社，2008 年 12 月。
146. 張愛玲：《小團圓》，北京出版社出版集團 北京十月文藝出版社，2009 年 4 月。
147. 筱敏：《捕蝶者》，廣州：廣東省出版集團 花城出版社，2007 年 1 月。
148. 范小青：《女同志》，作家出版社 2009 年 9 月。
149. 王海玲：《命運的面孔》，廣東省出版集團 花城出版社 2009 年 3 月。
150. 朱文穎：《兩個人的戰爭》，天津人民出版社 2000 年 6 月。
151. 朱文穎：《戴女士與藍》，北京：作家出版社，2004 年 4 月。
152. 文夕：《海棠花開》，春風文藝出版社 1997 年 11 月。
153. 文夕：《罌粟花》，春風文藝出版社 1997 年 1 月。
154. 王蒙：《青狐》，北京：人民文學出版社，2004 年 1 月。
155. 曉音主編：《女子詩報年鑒 2002》，北京：中國文聯出版社，2003 年 3 月。
156. 曉音主編：《女子詩報年鑒 2003》，香港：明星國際出版公司，2003 年 12 月。
157. 曉音、唐果主編：《女子詩報 2006 年鑒》，華夏民族雜誌出版社 2007 年 5 月。

158. 筱敏：《幸存者手記》，廣州：廣東省出版集團 花城出版社，2008 年 1 月。

159. 〔法〕波利那・雷阿日著，郭婭譯：《O 娘的故事》，內蒙古人民出版社，1998194、年 11 月。

160. 〔英〕弗吉尼亞・吳爾夫著，馬愛農譯：《到燈塔去》，北京：人民文學出版社，2003 年 4 月。

161. 〔英〕弗吉尼亞・吳爾夫著，孫梁、蘇美譯：《達洛衛夫人》，上海：上海譯文出版社，2007 年 7 月。

162. 〔法〕福樓拜著，李健吾譯：《包法利夫人》，北京：人民文學出版社，2008 年 6 月。

163. 〔俄〕列夫・托爾斯泰著，草嬰譯：《安娜・卡列尼娜》，上海：上海文藝出版社，2008 年 5 月。

164. 〔日〕紫式部，豐子愷譯：《源氏物語》，北京：人民文學出版社，1980 年 12 月。

165. Alice Walker《The Color Purple》，A Harvest Book Harcourt，Inc. 2003.